Barend Symons

Untersuchungen ueber die sogenannte Völsunga Saga

Antigonos

Barend Symons

Untersuchungen ueber die sogenannte Völsunga Saga

Unveränderter Nachdruck der Originalausgabe von 1876.

1. Auflage 2024 | ISBN: 978-3-38634-570-5

Antigonos Verlag ist ein Imprint der Outlook Verlagsgesellschaft mbH.

Verlag: Outlook Verlag GmbH, Zeilweg 44, 60439 Frankfurt, Deutschland, info@outlook-verlag.de
Vertretungsberechtigt: E. Roepke, Zeilweg 44, 60439 Frankfurt, Deutschland
Druck: Libri Plureos GmbH, Friedensallee 273, 22763 Hamburg, Deutschland

UNTERSUCHUNGEN

UEBER DIE SOGENANNTE

VÖLSUNGA SAGA.

INAUGURALDISSERTATION

ZUR

ERLANGUNG DER PHILOSOPHISCHEN DOCTORWUERDE
AUF DER UNIVERSITAET LEIPZIG

von

BAREND SYMONS.

SONDERABDRUCK AUS DEN BEITRÄGEN ZUR GESCHICHTE DER DEUTSCHEN
SPRACHE UND LITERATUR, HERAUSGEG. VON H. PAUL UND W. BRAUNE,
BAND III, HEFT 2.

HALLE 1876.
DRUCK VON E. KARRAS.

UNTERSUCHUNGEN UEBER DIE SOGENANNTE VÖLSUNGA SAGA.

Nachdem die wüste kritiklosigkeit, die lange zeit das gebiet unserer heldensage zum tummelplatz grund- und zweckloser erklärungsversuche gewählt hatte, einer nüchternen, klaren forschung hat weichen müssen, als deren ausgangs- und höhepunkte wir noch immer die untersuchungen Wilhelm Grimms und Lachmanns anzusehen berechtigt sind, ist eine heilsame weiterförderung dieses studiums zunächst nur von der sorgfältigen prüfung jeder einzelnen quelle und ihres verhaltens zu andern zu erwarten. Am meisten täte eine solche monographische darstellung den s. g. eddischen liedern not, die viel zu lange als etwas zusammengehöriges sind angesehen worden. Vielversprechende anfänge dazu bietet die abhandlung Jessens [1]): auf die notwendigkeit der prüfung jedes einzelnen liedes und der sagenform jedes einzelnen liedes ist denn auch neuerdings widerholt hingedeutet worden. [2]) — Der þiðrekssaga ist verschiedentlich die aufmerksamkeit in neuerer zeit zugewant worden: es mag hier auf die arbeiten Dörings [3]), Storms [4]) und Treutlers [5]) hingedeutet werden. — Eine eingehende untersuchung über die sogenannte Völsunga saga fehlt noch, und doch ist sie in manchen punkten unsere alleinige quelle

Zs. f. deutsche phil. III, 1—84.

Vgl. Th. Möbius, zs. für deutsche phil. I, 434 ff. K. Maurer I, 441 ff.

Zs. f. deutsche phil. II, 1—79. 265—292.

Sagnkredsene om Karl den store og Didrik af Bern hos de nordlk, Christiania 1874.

Zur Thiðrekssaga. Germ. 20, 151 ff.

für die älteste erreichbare gestalt der heldensage. Die bedauernswerte grosse lücke des codex Regius der Eddalieder versagt uns gerade über die schwierigste partie der sage die erwünschte auskunft, ein verlust, den uns die kurzen, vereinzelten andeutungen der erhaltenen lieder und der sprunghafte, wenig eingehende bericht der Snorra Edda nicht ersetzen können. Die Völsunga saga allein erzählt ausführlich und vollständig diesen wichtigen teil der sage. Ueberdies bietet nur sie die vorgeschichte von Sigurds ahnen im zusammenhang. Skandinavische gelehrte haben allerdings der Völsunga saga widerholt ihre aufmerksamkeit zugewant, namentlich Peter Erasmus Müller[1]), Rudolf Keyser[2]), vor allem aber Sophus Bugge in der musterhaften einleitung zu seiner ausgabe der sogenannten Saemundar-edda[3]). Die anregung, die namentlich Bugges untersuchungen mir gewährt haben, hebe ich um so lieber dankbar hervor, als ich in vielen, ja den meisten punkten zu abweichenden resultaten gelangt bin. — Alle diese untersuchungen aber sind, wie es die natur der genannten schriften mit sich bringt, nicht eingehend genug, um nicht die wideraufnahme einer genauen prüfung der unschätzbaren quelle wünschenswert erscheinen zu lassen.

Zunächst werde ich suchen, den charakter und die entstehungsgeschichte der sogenannten Völsunga saga zu bestimmen, dann das verhältnis zu ihren quellen in den controlierbaren partieen der saga untersuchen, daran eine prüfung der der lücke in R entsprechenden partie schliessen, an die sich endlich eine betrachtung der ersten die vorgeschichte behandelnden capitel der saga reihen wird.

Erstes Capitel.

Charakter und entstehungsgeschichte der saga.

Die Völsunga saga ist uns überliefert in einer einzigen isländischen pergamenths. (no. 1824 b. 4 °) der königlichen biblio

---

[1]) Sagabibliothek (SB) II, 36—108.
[2]) efterladte skrifter I, 346—360.
[3]) norroen fornkvaeði etc. udg. af Sophus Bugge (Chris s. XXXIV—XLI.

thek in Kopenhagen. Der codex ist nach älterer vorlage
scheinlich um den schluss des 14. jahrhunderts geschrieben. ,
Alle papierhss. der saga gehen auf ihn zurück. Der codex
enthält die Völsunga saga, die saga af Ragnari Loðbrók ok
sonum hans und die Krákumál. Von einer Völsunga saga und
Ragnars saga dürfte aber streng genommen nicht die rede
sein, denn man hebt auf solche weise aus der gesammten saga
einen teil heraus, dessen selbständige existenz doch nicht zu
erweisen ist. Der titel 'Völsunga saga' ist in keiner hs. belegt und lediglich ein später eingesetzter name. Der cod. hat
eine überschrift gehabt, die aber jetzt gänzlich unleserlich ist;
nur eine spur des ersten buchstabens ist noch sichtbar, dessen
züge Bugge am meisten einem G zu gleichen schienen. Nach
cap. 42 aber, also vor der einführung Aslaugs, hat der cod.
eine rote überschrift: *Sagha Raghnars lodbrokar,* ohne dass im
übrigen irgend eine trennung zwischen der allgemein sogenannten Völsunga saga und der sogenannten Ragnars saga angedeutet ist. Die meisten späteren hss. aber geben die für beide
sagas gemeinsam gültige überschrift: *saga af Ragnari Loðbrók
ok mörgum öðrum konungum merkiligum* (andere: *ok sonum hans*).
Die trennung beider sagas scheint erst durchgeführt zu sein
in Björners ausgabe.[2])

Bei diesem stande der überlieferung ist zwar gegen die
trennung beider teile der saga und wol auch gegen die be-
nennung Völsunga saga, soweit praktische gründe dazu ver-
anlassten, nichts einzuwenden: die consequenzen aber, die man
aus dieser doch ganz secundären trennung gezogen hat, sind
völlig unberechtigt. Die beiden jüngsten ausgaben der Völsunga saga, die Rafns in dem ersten bande der Fornaldar sögur
orðrlanda (Koph. 1829), s. 113 — 224, und die jetzt allein
brauchbare von Sophus Bugge in 'det norske oldskriftselskabs
samlinger. VIII. norröne skrifter af sagnhistorisk indhold. Chria
1865. andet hefte. s. 83 — 192' schliessen die Völsunga saga
mit dem ende von cap. 43. Die überlieferung könnte höchstens
dazu berechtigen, mit dem schluss von cap. 42 die Völsunga
saga enden zu lassen. — Wichtiger ist, dass auch die literatur-

res über ihn s. Fas. I, XIII—XV. Bugge, Edda s. XXXIV.
1 Nordiska kämpadater, Stockholm 1737.

geschichte sich daran gewöhnt hat, eine Völsunga saga und
eine Ragnars saga loðbr. als zwei ganz verschiedene denkmale
zu betrachten. P. E. Müller[1]) hält die Ragnars saga für
wenig später verfasst als die Völsunga saga, und von der
Aslaugerzählung meint er, dass sie bei einer spätern bearbeitung
letzterer aus der Ragnars saga hinzugefügt sei. R. Keyser[2])
findet den ton der Ragnars saga altertümlicher als den der
Völsunga saga und vermutet, dass der verfasser der letzteren
die Ragnars saga bereits vorfand. Unsere überlieferung weist
uns doch zunächst darauf hin, beide sagas als ein werk und
demgemäss auch als das werk éines verfassers anzusehen, und
erst der beweis, dass beide sagas nicht denselben verfasser
haben können, würde im stande sein, diese fast selbstverständ-
liche ansicht zu erschüttern. Ein solcher beweis ist meines
wissens weder geliefert noch auch nur versucht, würde auch
schwer zu erbringen sein. Dass der codex vor cap. 43 die
überschrift Ragnars saga bietet, beweist doch nicht, dass hier
eine neue saga anfängt, sondern ist nur aus dem streben des
schreibers (vielleicht auch eines späteren besitzers) hervor-
gegangen, den inhaltlichen abschnitt, der leicht erkennbar war,
zu markieren. Dass diese markierung nicht einmal die richtige ist, geht doch schon daraus hervor, dass die herausgeber
cap. 43 noch zur Völsunga saga gezogen haben. Mag man
nun aber mit cap. 42 oder c. 43 die Völsunga saga beschliessen,
die kenntnis der vorhergehenden erzählung wird in der sogenannten Ragnars saga stets vorausgesetzt. Möglich wäre indes,
dass die verbindung beider sagas erst eine spätere wäre, dass
es eine ältere Völsunga saga gegeben habe, an die später die
Ragnars saga geknüpft sei, und bei dieser gelegenheit wäre
die Aslaug in die Völsunga saga hinein interpoliert. Das is
ungefähr die ansicht P. E. Müllers. — Eine stütze für die
ansicht wäre auch darin zu finden, dass Th. Möbius[3]) ein
andere redaction der Völsunga saga voraussetzen zu müssen
geglaubt hat. Bugge[4]) hat sich ihm darin angeschlossen.
Möbius schliesst das aus einigen abweichungen, zusätzen und

<hr>

[1]) SB. II, 97, 482.
[2]) Efterl. skrift. I, 394.
[3]) Edda s. XII ff.
[4]) Edda s. XXXIV.

auslassungen der auf den acht ersten capiteln der saga beruhenden rímur frá Völsungi hinum óborna des Kálfr skáld
(vitulus vates)[1]. Diese annahme scheint mir doch unnötig.
Die einzige wirklich in betracht kommende abweichung ist
die, dass der rímurdichter str. 53 im einklang mit Yngl. s. c. 9.
die offenbar echte weibliche Skaði, die gattin des Njörðr, an
stelle des männlichen namensgenossen der saga einsetzt.[2]
Nun hat aber nachweislich, wie Möbius selber zugibt, der
dichter für seine ziemlich confus präludierende einleitung (str.
1—50) SE form. c. 10 ff. und Yngl. s. c. 5 ff. oder aber eine
beiden gemeinsame quelle benutzt, so dass doch die annahme,
welche Möbius zurückweist, der dichter habe die correctur auf
grund der Yngl. s. bewirkt, weitaus grössere wahrscheinlichkeit
hat. Die andern abweichungen aber, die Möbius zusammen-
stellt, sind ein paar ungeschickte zusätze, ein paar auslassungen
und fehlerhafte namen, die gewis dem dichter, nicht aber
seinen quellen zufallen. Geben wir aber auch vollends diese
andere redaction der saga zu, so hätte diese, abgesehen von
der einen richtigkeit, lauter fehlerhaftes geboten, und zwar
lauter fehler, die auf eine jüngere zeit hindeuten.[3] Diese
redaction wäre demnach jedenfalls nur als eine jüngere anzusehen. — Allein auch im übrigen ist die ansicht, dass die anknüpfung der Ragnars saga an die Völsunga saga nicht die
ursprüngliche gestaltung der sage gewesen sei, nicht haltbar.
Dass die einführung der Aslaug derselben tendenz wie die anfügung der geschichte Ragnars und seiner söhne angehört, ist
gewis unbestreitbar. Eine widerholung der beweisgründe dafür, dass Aslaug der echten sage nicht angehört haben kann,
dass die eddischen lieder nur ein keusches verhältnis zwischen
Sigurd und Brynhild kennen, dass die einführung der Aslaug
eine tendentiöse erdichtung ist, um die abstammung der nor-

[1] Her. in Möbius Edda (Leipzg. 1860) s. 240—254, nach cod. AM
604 G.

[2] Näheres unten.

[3] So z. b. wenn die heiraten Sigis und Rerirs, von denen der sagaschreiber nichts wuste, näher bestimmt werden. Ersterer wirbt um die
schwester zweier brüder in Garðaríki (str. 72—74), letzterer wird durch
die ehe mit Ingigerðr, könig Ingis tochter, herr von Svia-ok Garðaríki
(str. 86—94). Wer möchte darin etwas sagenhaftes sehen?

wegischen königsfamilie von den Völsungen zu ermöglichen,
glaube ich mir ersparen zu können, indem ich auf die orte
verweise, wo genügend darüber gehandelt ist.[1]) Hätte es also
eine ältere Völsunga saga gegeben, so liegt der schluss nahe,
dass diese noch nichts von der Aslaug gewust hat, und erst
bei gelegenheit der verbindung derselben mit der Ragnars saga
jenes bindeglied eingeschoben ist. Allein die ganze anlage der
Völsunga saga zeigt, wie tief die einführung der Aslaug sie
beeinflusst hat. Bloss um ihretwillen ist, wie später gezeigt
werden soll, eine verlobung der Sigrdrifa mit Sigurd, von der
die Edda nichts weiss, eingeschoben; bevor Brynhild an Gjukis
hof kommt, übergibt sie Heimir die Aslaug zur erziehung c. 27
(B. 146, 22). Und liesse sich auch das noch als spätere inter-
polation auffassen, unmöglich ist dies der fall, wenn die Völsunga saga c. 31 (B. 161, 12 f.) in der prophezeiung der sterbenden Brynhild die worte des im übrigen treu paraphrasierten dritten Sigurdsliedes str. 64, 5—6:

þá er öll farin
ætt Sigurðar

ändert in: ok þá er farin öll ætt yður (d. h. der Gjukunge).
Die änderung hat natürlich Aslaug verschuldet, da durch sie
Sigurds geschlecht nicht ausstirbt; sie ist aber so subtil, dass
niemand sie einem interpolator oder bearbeiter wird zuschreiben wollen. — Es ist also daran festzuhalten, dass Völsunga
saga und Ragnars saga ein ursprüngliches ganze bilden, und
man eigentlich nicht das recht hat, von einer Völsunga saga
zu sprechen, sondern nur von einer Ragnars saga.[2]) — Ein
verschiedener ton in beiden sagas ist nicht wegzuleugnen, erklärt sich aber hinlänglich durch die verschiedenheit der zu
grunde liegenden quellen; wo der verfasser ohne quelle schreibt

---

[1]) SB II, 94 ff. 476 ff. HS² 355. Munch, det norske folks historie
I, 1, 371. 407. Rassmann, die deutsche heldensage I, 191. Grundtvig, udsigt
over den nordiske oldtids heroiske digtning (Kbh. 1867) s. 37. — Munchs
behauptung aber a. a. o. 371, einzelne eddische lieder gäben deutlich zu
verstehen, dass Sigurd mit Brynhild die tochter Aslaug hatte, bevor sie
mit Gunnar vermählt ward, ist durchaus ungerechtfertigt: nicht die leiseste
andeutung darauf findet sich.

[2]) Trotzdem behalte ich die einmal üblich gewordene bezeichnung
bei, die man ohne pedanterie nicht wird verdrängen können.

— und das ist nicht selten —, zeigt sich gleichmässig eine
anlehnung an den stil der nordischen romanübersetzungen des
13. jahrhunderts, vorzüglich seiner zweiten hälfte.¹) Glaublich
ist auch, dass die ereignisse der heldensage nicht ohne einfluss
auf die darstellung der schicksale Ragnars gewesen sind. Es
liegt wenigstens nahe, bei der tötung des drachen und dem
tod im ormgarð an die tötung Fafnirs und Gunnars ende zu
denken, und es ist nicht unglaublich, dass der gemeinsame
verfasser von Völsunga saga und Ragnars saga diesen paralle-
lismus verschuldet hat. Dass die Krákumál ersteres ereignis
auch kennen, spricht gar nicht dagegen, denn das alter dieses
gedichts ist überaus zweifelhaft.²)

Das mittelglied, durch das dem sagaschreiber die anknüpfung Ragnars an die schicksale des Völsungengeschlechts
gelang, war Aslaug, eine tochter Sigurds und der Brynhild,
die dem Ragnarr loðbrók vermählt wird. Es ist von hohem
interesse, die entstehung dieser Aslaugfiction etwas näher ins
auge zu fassen, vor allem ihr alter zurückzuverfolgen.

Munch³) hat zuerst in lichtvoller weise dargetan, dass
in der Aslaugsage zwei verschiedene elemente durchaus zu
trennen sind. Das eine ist entschieden eine alte sage, die sich
in Norwegen localisiert hat. Sie erzählt, wie in alten zeiten
eine goldene harfe, in der ein kleines mädchen lag, an ein
felsenriff in der umgegend von Spangereid getrieben sei; Aad-
low (Aslaug) habe das mädchen geheissen, sie sei aber Kraka
genannt und von ihren pflegeeltern zum hüten der schafe und
ziegen gebraucht; später jedoch sei sie königin geworden.
Diese erzählung ward noch vor nicht langer zeit (1847 von
Asbjörnsen) im munde der umwohner von Spangereid bezeugt,
und wunderbar ähnliche züge kennt auch unser deutsches märchen 'die kluge bauerntochter'.⁴) Diese sage nun weiss nichts
von Ragnar, nichts von Sigurd, auch nichts von Heimir zu erzählen, ist überhaupt völlig unabhängig von der Ragnarsage.

---

¹) S. auch Munch a. a. o. I, 1, 359, anm. 1.

²) Jedenfalls ist es christlich (odda messu str. 11). Vgl. Jessen
zs. f. deutsche philol. III, 28. anm 4.

³) a. a. o. s. 370 f. 407 (in deutscher übersetzung bei Claussen, das
heroische zeitalter [Lübeck 1854], s. 126—128. 174).

⁴) KHM no. 94. vgl. dazu III, 170 ff.

Zwei dänische lieder[1]) und ein färöisches[2]) dagegen bieten
nicht mehr die alte unverfälschte sage: sie singen von Aslaug
und Ragnar. Munchs schluss, dass diese sage später zur ver-
herrlichung der geschichte Ragnars angewant worden ist, indem man das arme mädchen einmal zur tochter des berühmtesten helden der vorzeit, des Sigurðr Fáfnisbani, dann aber
zur gemahlin des Ragnarr loðbrók machte, von dem abzustam-
men die nachkommen des Haraldr hárfagri sich zur ehre an-
rechneten, ist unantastbar. Die übereinstimmungen mancher
züge in dem deutschen märchen und der norwegischen sage,
zu denen die brüder Grimm a. a. o. noch vieles analoge bei-
bringen, zeigen zur genüge, dass wir hier nichts künstliches,
sondern eine uralte erfindung des volksgeistes vor uns haben.

Für uns aber ist die frage von besonderer wichtigkeit,
wie weit die benutzung dieser sage für Ragnars genealogie
sich verfolgen lässt. Dass die ganze geschlechtsreihe von
Sigurðr Fáfnisbani bis auf Sigurðr ormr í auga mittelst der
Aslaug und ferner mittelst der jüngern Aslaug bis auf Sigurðr
hjörtr, Ragnhildr und Haraldr hárfagri hinab eine einzige künstliche combination eines nordischen hofgenealogen ist, um seinem
herrn nicht allein eine glänzendere abstammung, sondern auch
erbansprüche an einen teil des Ragnarschen reiches neben den
königen von Dänemark und Schweden zu verschaffen, unterliegt keinem zweifel.[3]) Sehr fraglich, ja entschieden falsch
ist aber die ansicht, als sei diese genealogie in allen ihren
etappen ein gleichzeitiges werk. Um das zu erweisen, ist ein
tieferes zurückgreifen auf die quellen unerlässlich. — Gehen
wir aus von dem sogenannten langfeðgatal[4]). Munch[5])
schreibt die aufzeichnung dieses geschlechtsregisters dem lög-
maðr herra Haukr Erlendsson († 1334) zu. Allein diese hypo-
these ist nicht erwiesen: jedenfalls deutet diese genealogie auf
höheres alter und verdient volles vertrauen. Das langfeðgatal
nun weiss von Aslaug als gemahlin des Ragnar nichts. Eben-
sowenig kennt sie eine andere unter dem titel 'series runica

---

[1]) Bei Grundtvig, Danm. gamle folkev. I, 327 ff.
[2]) Bei Hammershaimb, Sjúrðar kvaeði s. 59 ff.
[3]) Munch a. a. o. I, 1, 407.
[4]) Langebeck, SS. rer. dan. I, 1 ff.
[5]) a. a. o. I, 1, 241. anm. 2.

prima' von Langebeck [1]) mitgeteilte geschlechtsreihe. Sie
sagt: 'Tha var Regner kunung Lodbroghe. Thore het Drotning
hans ok anner Svanlethe. Tha var Sivarth kunung sun
Regners Lodbroghe.'

In der Heimskringla kommt Aslaug nirgends vor: die saga
Halfd. svart.[2]) bietet folgende genealogie:

Sigurðr hringr

|

Ragnarr loðbrók

|

Sigurðr ormr í auga

|

A'slaug ⁓ Helgi hin hvassi

|

Sigurðr hjörtr

|

Ragnhildr ⁓ Hálfdan svarti

|

Haraldr hárfagri.

Es ist demnach die jüngere Aslaug bekannt, die ältere
nicht.[3]) Auf dies zeugnis werden wir gewicht legen dürfen,
denn, ohne hier die verwickelte Heimskringlafrage berühren zu
wollen, mag nun die saga Halfd. svart. Snorris werk oder die
redaction eines compilators sein[4]), ein blosser zufall kann das
fehlen der älteren Aslaug hier nicht sein. Vgl. auch Eyrb.
s. 4. Sf.: 'en móðir Ingjalds var þóra, dóttir Sigurðar orms í
auga, Ragnars sonar loðbrókar.' Weiter geht diese genealogie nicht.

Die quellen, in denen der ältern Aslaug und ihrer abstammung von Sigurd erwähnt wird, sind durchweg jüngere
und zum guten teil wenig verlässige.

1. Landnámabók, Viðbættir.[5]) 'Sigurðr son Sigmundar
konungs, er kallaðr er Fáfnisbani, ok Brynhildr Budladóttir áttu
dóttur þá er A'slaug hét; hon var fædd með Heimi jarli í

Hringdölum, þar til er hann var drepinn ... Ragnarr lodbrók
átti síðar A'slaugu, dóttur Sigurðar Fáfnisbana.' — Landnámabók selber, obwol verschiedentlich von Ragnars geschlecht die
rede ist, weiss nichts von dieser genealogie; die handschriften-
gruppe aber, die jene beilage enthält, ist eine jüngere, aus der
ältesten Landnáma und Hauksbók zusammengesetzte recension.[1]

2. Der jüngere, ausführlichere prolog zur Sverris saga aus
Fláteyjarbók[2] kennt diese genealogie, während der ältere,
kürzere[3] nichts davon weiss.

3. In der O'lafs s. Tryggv. findet sich die einführung nur
in der ausführlicheren redaction der saga, wie, mit einfügung
verschiedener þættir und sögur, die Fláteyjarbók und Fms.
I — III sie darbieten. Die kürzere redaction Snorris kennt
sie nicht.

4. Die Fóstbrœðra saga, die in Fláteyjarbók als teil der
O'lafs s. h. helg. erscheint, erwähnt Aslaug im eingange gleichfalls.[4] Auch cod. AM 132 fol. aus der ersten hälfte des 14.
jahrhunderts kennt diese genealogie.[5] Allein, wenn auch
wirklich die älteste recension dieser vielfach umgestalteten
saga sehr früh zu setzen ist[6], gibt uns dies dennoch kein
recht, die erwähnung der Aslaug dieser bereits zuzuschreiben.
Keinesfalls ist uns die älteste recension erhalten: überdies —
und dies gilt auch für andere denkmäler — darf man bei isländischen membranen, besonders der Islendinga sögur, auf
kleine züge, wie die genealogien, kein grosses gewicht legen,
da bei der eigentümlich freien stellung der abschreiber ihren
vorlagen gegenüber zusätze und ergänzungen wie auslassungen
und änderungen ganz gewöhnlich sind.[7]

5. Fláteyjarbók kennt Aslaug noch öfter in den genealo-

---

[1] Vgl. I'sl. Sög. I, s. XXXVIII ff.
[2] Flát. II, 533 ff. Fms. VIII, 1 ff.
[3] Fms. VIII, 5 ff.
[4] Flát. II, 93.
[5] Ausg. von Gislason in den Nordiske Oldskrifter XV (Kbhv.
1852) s. 5.
[6] SB I. 153 ff. Grönlands histor. mindesm. II, 270 f.
[7] Darüber vgl. besonders Möbius, über die altnordische philologie
im skandinavischen norden. Leipz. 1864, s. 24 ff.

gien des sogenannten frá Fornjóti, die aber bekanntlich bis zur kalmarischen union hinabgehen.

6. Flóamanna saga [1]): 'Móðir Sigurðar orms í auga var A'slaug, dóttir Sigurðar Fáfnisbana ... móðir A'slaugar var Brynhildr Buðladóttir.' — Auch dieses zeugnis ist nicht von gewicht, denn die Flóamanna saga gehört zu den jüngeren isländischen sagas, die aus verschiedenen gründen nicht früher als an das ende des 13. jahrhunderts zu setzen sind.[2])

7. Die erwähnung der Aslaug im þáttr af Ragnars sonum[3]) erledigt sich dadurch, dass dieser auf die saga Ragnars konungs ausdrücklich bezug nimmt.

8. Bei weitem am beachtenswertesten ist die erwähnung der SE Skáldskaparmál c. 42[4]): 'eptir Sigurð svein lifði dóttir, er A'slaug hét, er fœdd var at Heimis í Hlymdölum, ok eru þaðan ættir komnar stórar.' — Dass, wenigstens im grossen und ganzen, die Skáldskaparmál Snorris werk sind, haben wir der allgemeinen versicherung alter zeugnisse gegenüber kein recht, anzuzweifeln. Schwer ins gewicht fällt vor allem die überschrift der Upsala-edda, die etwa 60 jahre nach Snorris tode geschrieben ist, also zu einer zeit, da kaum an eine absichtliche oder unwillkürliche täuschung zu denken ist. Man wird demnach die ursprüngliche abfassung etwa mit R. Keyser zwischen 1221 und 1230 zu setzen haben: der terminus a quo ergibt sich aus den dem Háttatal zu grunde liegenden gedichten, die nicht vor 1221 entstanden sein können, der terminus ad quem aus der überlegung, dass Snorri im letzten vielbewegten decennium seines lebens wol kaum die musse zu schriftstellerischer tätigkeit gefunden haben kann. Ob auch die Gylfaginning Snorris werk ist, kann hier nicht untersucht werden; dass aber die ausführlichste redaction der SE mit den grammatischen abhandlungen erst in dem zweiten oder dritten decennium des 14. jahrhunderts zu stande gekommen ist, unterliegt keinem zweifel.

Der bei den kenningar des goldes eingefügte überblick der heldensage wird dennoch, in der gestalt, wie r sie uns

---

[1]) Fs. s. 119.
[2]) Fs. XXIV ff.
[3]) Fas. I, 346.
[4]) ed. AM I, 370. ed. Jónsson s. 123 f.

bietet, dem Snorri nicht zuzuschreiben sein. Zunächst ist zu beachten, dass die Upsalaer hs. (U), die diese partie in weit kürzerer gestalt bietet, die erwähnung der Aslaug nicht enthält. Es ist nun freilich die herschende anschauung, dass die doch jedenfalls der überlieferung nach ältere schwedische redaction keine weitere geltung als die einer gekürzten gestalt zu beanspruchen hat. Diese anschauung beruht aber keineswegs auf einer gründlichen handschriftenuntersuchung, die in völlig genügender ausdehnung mit dem zu gebote stehenden material auch kaum auszuführen wäre. Indes auch nur für das engere verhältnis von U und r wäre die aufnahme dieser frage von hoher wichtigkeit: sie ist wol nur zurückgehalten worden durch die erwartung des lang ersehnten dritten bandes der arnamagnäanischen ausgabe. Indem ich die ausführlichere erörterung dieser frage mir vorbehalte, wage ich doch vorläufig, wenn auch ohne beweisgründe, folgendes resultat, das sich mir bei selbständiger prüfung ergeben hat, hinzustellen: in U liegt uns eine allerdings gekürzte gestalt vor, die aber auf eine vorlage zurückgeht, der ein unbedingter vorzug vor der uns in r vorliegenden gestalt zuzuerkennen ist. Nichts hindert uns anzunehmen, dass U auf eine dem ursprünglichen werke Snorris sehr nahe stehende hs. zurückgeht, die allerdings bereits eine bearbeitung erfahren hatte, z. b. die zusetzung des prologs.

Wird es mir durch diese allgemeine überlegung bereits sehr unwahrscheinlich, dass die erwähnung der Aslaug der SE ursprünglich angehört hat, eine weitere beobachtung kommt hinzu, diese annahme gänzlich hinfällig zu machen. U schliesst die bei gelegenheit der kenningar des goldes eingefügte episode mit dem tode Hreiðmars: das ist der natürliche schluss der eingeschalteten erzählung, zu einem vollständigen überblick über die heldensage lag ein vernünftiger grund nicht vor. Diese erzählung in U zeigt benutzung der Eddalieder, ist aber im übrigen frei und selbständig gemacht. Ganz anders die weitere erzählung in r: in ihr finden wir neben benutzung erhaltener und verlorener lieder und wol auch der prosa in R ganz augenfällige übereinstimmungen mit der Völsunga saga. Da solche, in denen uns die quellen nicht zur vergleichung vorliegen, keine beweisende kraft haben, begnüge ich mich mit der anführung einer längeren stelle:

SE I, 364.

Gunnari lét hann kasta í ormgarð, en honum var fengin leyniliga
harpa, ok sló hann með tánum, þvíat
hendr hans váru bundnar, svá
at allir ormarnir sofnuðu,
nema sú naðra, er rendi at honum, ok hjó svá fyrir flagbrjóskit,
at hon steypði höfðinu inn í holit,
ok hangði hon á lifrinni, þar til er
hann dó.

Völs. s. B. 178, 5 ff.

nú er Gunnarr konungr settr í
einn ormgarð; þar váru margir
ormar fyrir, ok váru [hendr]
hans fast bundnar; Guðrún
sendi honum hörpu ei [na, en] hann
sýndi sína list ok sló hörpuna
með mikilli list, at hann drap
strengina með tánum, ok lék svá
vel ok atbragðliga, at fáir þóttust
heyrt hafa svá með höndum slegit,
ok þar til lék hann þessa íþrótt, at
allir sofnuðu ormarnir, nema
ein naðra mikil ok illilig skreið
til hans ok gróf inn sínum rana,
þar til er hann hjó hans hjarta,
ok þar lét hann líf sitt með mikilli
hreysti.

Diese stelle, die sich an vier verschiedenen orten zerstreut
in der liedersammlung findet (Akv. 31. Atlm. 66. Dráp Nifl. B.
264. 28 ff. Oddr. 32), lässt kaum einen andern schluss zu, als
dass die eine darstellung die andere gekannt und benutzt hat.
Dass aber die saga die SE benutzt haben sollte, ist doch ganz
unglaublich, wenn man bedenkt, welchen nutzen sich wol die
lange, ausgedehnte erzählung der saga von der mehr ange-
deuteten als ausgeführten darstellung der SE hätte versprechen
können. Es wird also die darstellung der Skáldskaparmál in
ihrer jetzigen fassung ein später hinzugefügtes stück sein, das
neben den eddischen liedern auch die Völsunga saga gekannt
und benutzt hat. Dafür spricht auch die reihenfolge der SE.
Aslaugs erwähnung folgt als nachträglicher, leicht hingeworfener
zusatz, da sie sich auch in der Völsunga saga unmittelbar an
die erzählung von den Gudrunsöhnen anschliesst; die bemerkung 'ok eru þaðan komnar ættir stórar' weist wol auf die
weitere darstellung der Ragnars saga hin.

Die hier vorgetragene ansicht steht nun freilich in widerspruch mit dem von Bugge[1]) versuchten nachweis, dass SE
die uns vorliegende sammlung nicht benutzt haben kann, dass
vielmehr wenigstens an einer stelle der sammler der lieder die
SE benutzt hat: letzteres hat in weit ausgedehnterem masse

---

[1]) Edda s. XXVI f.

namentlich Bergmann angenommen. [1]) Bugges nachweis hat mich, wenigstens für die Skáldskaparmál, nicht überzeugt. Die freie, gewante prosa der SE sticht vorteilhaft gegen die schlechte der sammlung ab, und es ist doch nicht zu glauben, dass der sammler absichtlich die darstellung, die er vorfand, verschlechtert haben sollte. Im einzelnen dies zu erörtern, würde weitab führen; ich behalte mir den genaueren nachweis, dass die liedersammlung, die uns in R vorliegt, älter ist als SE in der gestalt, in der r sie uns bietet, und dass wir die verhältnismässig ursprünglichste fassung der SE in U zu suchen haben, vor. — Hier kam es lediglich darauf an zu zeigen, dass die erwähnung der Aslaug in den Skáldskaparmál wahrscheinlich auf kenntnis der Völsunga saga zurückzuführen ist, jedenfalls ein höheres alter für diese fiction nicht zu erweisen vermag.

Das sind die stellen, in denen mir eine erwähnung der Aslaug und ihrer abstammung entgegengetreten ist. Noch eine andeutung, die bereits SB II, 477 berührt wurde, kommt in betracht. In der Njála c. 14 [2]) wird von der zweiten ehe der Hallgerðr mit Glúmr· erzählt. Da heisst es: 'en um sumarit fœddi hon meybarn. Glúmr sagði henni, hvat heita skyldi 'hana skal kalla eptir föðurmóður minni, ok skal heita þórgerðr, því at hon var komin frá Sigurði Fáfnisbana í föðurætt sinni at langfeðgatölu.' — Die existenz der Aslaugfiction beweist diese stelle noch nicht. Allerdings ist nach der echten sage Sigurds geschlecht ausgestorben, allein leicht konnte es einer genealogie einfallen, den berühmtesten helden der vorzeit als stammvater zu nehmen, ohne sich über die folgen rechenschaft zu geben. Dass der Njála die Aslaug selber noch fremd ist, ersehen wir aus der genealogie der Hallgerðr c. 1, die grossmütterlicherseits hinaufgeführt wird bis Ragnarr loðbrók, aber nicht weiter. Wäre dessen vermählung mit Aslaug, Sigurds tochter, dem verfasser geläufig gewesen, hätte er gewis diese nicht zu nennen vergessen.

Es wird keine übermässige kühnheit sein, wenn ich als

---

[1]) Poëmes islandais s. 174 f.

[2]) Udgivet af det kongelige nordiske oldskrift-selskab (Kbh. 1875) I, 65.

ı ᷑sultat dieser untersuchung hinstelle, dass die anknüpfung
des Ragnarschen geschlechts vermittels der Aslaug an die
Ilsunge eine erfindung des verfassers der Ragnars saga ist.
der künstlichen hofgenealogie, die den nachkommen des
1 aldr hárfagri ihre nicht übergrosse legitimität versüssen
s , bildet diese erdichtung gewissermassen die zweite stufe.
Eine dritte und die letzte überhaupt denkbare folgte ihr, wie
im verlauf der darstellung gezeigt werden soll, indem dieses
geschlecht nun hinaufgerückt ward in den götterhimmel. Dass
schon vor der kühnen fiction des sagaschreibers etwas dieser
genealogie vorarbeitendes in der luft lag, ist gar wol denkbar:
darauf weist ja auch die besprochene stelle der Njála hin.
Ihre wirkliche literarische bedeutung hat sie aber erst durch
unsere saga erhalten, aus der sie in leicht begreiflicher weise
mit grosser lebhaftigkeit aufgefasst und verbreitet wurde. Auch
lag ja der anknüpfungspunkt nahe. Wie eine ältere Aslaug
als gattin Ragnars aus einer jüngern Aslaug, der tochter des
Sigurðr ormr í auga entstehen konnte, so war auch anderer-
seits der name Sigurðr in der norwegischen königsfamilie so
allgemein (Sigurðr munr, Sigurðr sy'rr, Sigurðr hrís), dass
er zunächst vermittelst der Ragnhildr auf Sigurðr hjörtr und
vermittelst der jüngern Aslaug auf Sigurðr ormr í auga, dann
aber weiter vermittelst der ältern Aslaug auf Sigurðr Fáfnisbani führen konnte. Nebenher mag auch die zufälligkeit in
betreff des auges des Sigurðr ormr í auga den gedanken an
den drachentöter nahegelegt haben, woraus dann die geschäf-
tige dienstfertigkeit des sagaschreibers das gegenteil machte,
dass Aslaug dem noch ungeborenen sohn diesen namen nach
ihrem erlauchten vater bestimmt.[1]

Die grundlage, auf der unsere saga basiert, ist also nicht
derart, dass wir darauf den aufbau einer naiven erzählung erwarten können, sie trägt die tendenziöse mache an der stirn.
Es liegt nahe, anzunehmen, dass geradezu eine königliche be-
stellung sie beeinflusst hat: da der ton der erzählung, wo der
verfasser ohne quelle gearbeitet hat, ein weiteres hinauf-
rücken als in die zweite hälfte des 13. jahrhunderts ver-

---

[1] Ragn. s. c. S (Fas. I, 257).

bietet [1]), möchte man die vermutung wagen, dass der könig Hákon gamli (1217—1263), dessen literarische neigungen auch sonst bekannt sind [2]), der abfassung nicht fern gestanden hat. An und für sich wäre dadurch noch nicht bedingt, dass die saga in Norwegen geschrieben ist, denn auch sonst spricht manches dafür, dass das genealogische kunststück, wenigstens in seinen anfängen, auf Island zu stande gekommen ist. [3]) Beachtenswert ist aber die stelle der Völsunga saga c. 43 (B· 107, 17), wo es von Heimir und Aslaug heisst, sie seien zuletzt gekommen 'hingat á Norðrlönd'. Ich bezweifle, dass ein Isländer oder doch wenigstens ein Isländer, der auf Island schrieb, so gesagt haben würde. Bugges bemerkung, alles spräche dafür, dass der verfasser ein Isländer gewesen sei, geht jedenfalls zu weit. [4])

Diese künstliche tendenz ist der eine gesichtspunkt, den wir bei beurteilung der darstellung unserer Völsunga saga festhalten müssen: er darf freilich nicht zu vorschneller geringschätzung ihrer angaben veranlassen, berechtigt uns aber, bei prüfung derselben in freierer weise vorzugehen, als dies bis jetzt der fall gewesen ist.

Ein zweiter gesichtspunkt, den zu betonen nicht gleichgültig ist, muss der sein, dass wir es eben mit einer saga zu tun haben, das will sagen einem zu unterhaltungszwecken bestimmten buche, das der sprödigkeit seiner quellen gegenüber nicht auf dem standpunkte einer ungetrübten widergabe stehen bleiben konnte. Diese quellen waren dazu lieder, von verschiedenem alter und verschiedener sagenform, mannigfach unter sich streitend, nicht selten sprunghaft und unklar, ohne ein festes, geschlossenes ganze zu bilden. Dem sagaschreiber

---

[1]) In betreff des einflusses der þiðr. s. auf die datierungsfrage vgl. unten cap. III.

[2]) Vgl. Strengleikar (udg. af Keyser og Unger s. 1). Andere belege bei Maurer, abh. der kgl. bair. akad. a. a. o. s. 699.

[3]) Munch a. a. o. I, 1, 407. anm. 2.

[4]) Edda s. XXXV. Dass die erhaltene pergamenths. eine isländische ist, kann dafür nicht in betracht kommen, da sie ja nicht erste niederschrift ist. Eventuelle norwegische indicien wird sie wol verwischt haben. Am besten wird man an einen Isländer in Norwegen denken können.

aber konute es nicht in den sinn kommen, der nachwelt eine
quelle für die heldensage überliefern zu wollen, sondern ein
gut lesbares buch herzustellen. Ein solcher zweck aber schloss
ein sklavisches auflösen der liederworte in prosa aus, denn
dadurch wäre die darstellung überall so unlesbar, oft sogar
unverständlich geworden. wie sie es an den am treuesten paraphrasierten stellen in wirklichkeit ist.

Zweites Capitel.

**Das verhältnis der saga zu den eddischen liedern
in den controlierbaren partien derselben.**

Bugge[1]) schliesst seine untersuchungen über die quellen
des verfassers der Völsunga saga mit folgendem resultat: 'Aus
dem gesagten erhellt demnach, dass der verfasser der Völsunga
saga eine sammlung vor sich gehabt hat, in der manche der
gedichte und erzählungen über die Völsunge und die mit ihnen
verknüpften heroischen geschlechter, die in R sich finden oder
fanden, in einer form aufgezeichnet waren, die auf dieselbe
schriftliche quelle wie R hinweist. In dieser sammlung fehlten
jedoch mehrere gedichte und erzählungen, die R enthält, während auf der andern seite der verfasser der Völsunga saga
zum teil sagen und gedichte über die Völsunge benutzt hat,
die nicht in R aufgenommen sind.' — Hier ist zunächst auf
den ersten teil dieser resultate rücksicht zu nehmen.

Zweifellos benutzt sind aus unserer sammlung in der saga
folgende lieder: Helg. Hund. I. Sigurðarkv. 1 (Grípisspá).
Sig. II (Reginsmál). Fáfn. Sgrdrífm. Brot af Sigurðarkv.[2])
Sig. III. Guðr. II. Akv. Atlm. Guðr. hvöt. Hamðism. — Auch
die prosa frá dauða Sinfjötla (Sinfjötla lok) hat dem verfasser
vorgelegen. Nach Bugge a. a. o. kann die darstellung von
Sinfjötlis tod in cap. 10 der Völsunga saga nicht auf denselben
quellen beruhen, wie in dem prosastück der sammlung: die
saga habe mehrere echte züge, die in R fehlen. Und auch

---

[1]) Edda s. XLI.

[2]) So ist mit Bugge das früher sogenannte Brot af Brynhildarkviðu
zu nennen.

Keyser[1]) hält beide prosen für unabhängig von einander
entstanden, wol nach mündlichem vortrag. Dass aber die eine
prosa die andere benutzt hat, beweist der wortlaut unwider-
leglich.

Frå dauð. Sinfj.		Völs. s. c. 10.	
B. 202, 10 f.	þá bað Borghildr hann fara á brott	B. 104, 25	hon biðr Sinfjötla fara brott ór ríkinu
202, 13 f.	en at erfinu bar Borghildr öl	105, 3 f.	Borghildr bar mönnum drykk
202, 15 ff.	en er hann sá í hornit, skilði hann, at eitr var í, ok mælti til Sigmundar: gjöróttr er drykkrinn, ai! Sigmundr tók hornit ok drakk af.	105, 5 ff.	hann tók við ok sá í hornit ok mælti. gjöróttr er drykkrinn. Sigmundr mælti: fá mér þá! hann drakk af.
202, 30 f.	hann sagði: láttu grön sía þá, sonr!	105, 14	Sigmundr svarar. lát grön sía, sonr!
202, 32	Sinfjötli drakk ok varð þegar dauðr	105, 16	Sinfjötli drekkr ok fellr þegar niðr.

Die ganze erzählung von Sinfjötlis bestattung (B. 202,
33—43 = Völs. s. B. 105, 16—23) bietet des übereinstimmenden
die fülle. Es kann aber nur die Völsunga saga die prosa der
sammlung benutzt haben, denn was sich in dieser zusammen-
hängend findet, hat die saga durch verschiedene capitel hin
zerstreut, und überall da angebracht, wo es dem verfasser in
den zusammenhang passte.

frå dauð. Sinfj. B. 202, 1 ff.	= Völs. s. c. VIII (B. 100, 5 ff.).
	c. X (B. 104, 17 ff.).
„ 202, 9—19 =	„ c. X (B. 104, 21—105, 8).
„ 202, 20—24 =	„ c. VII (B. 95, 12—14).
„ 202, 24—43 =	„ c. X (B. 105, 8—23).
„ 202, 43—203, 9 =	„ ?
„ 203, 9—13 =	„ c. XIII (B. 110, 18—21).

Dass einige echte züge in der saga sich finden, die in R
fehlen, die dreifache steigerung in Borghilds und Sinfjötlis
worten, ist klar: es wird dies auf klarerer erinnerung eines
damals schon untergegangenen liedes beruhen, oder aber der
sagaschreiber mag wirklich ein paar vereinzelte strophen vor

---

[1]) Efterl. skrift. I, 182 ff. 350. Beide stellen widersprechen sich etwas.

sich gehabt haben. Anderes aber, wie 105, 15 'þá var konungr drukkinn mjök ok því sagði hann svá' oder 105, 24,
'rekkr nú í brott dróttningina, ok litlu síðar dó hon' halte
ich für einfache zusätze in des verfassers beliebter manier. —
Unbekannt, behauptet Bugge, seien dem verfasser gewesen:
Helg. Hund. II; Guðr. I, sowie die prosastücke Dráp Nifl. und
die einleitung zu Guðr. II. Auch Helr. Brynh. Guðr. III. Oddr.
sind nicht benutzt: hier liegen aber die gründe, weshalb verf.
sie gekannt und dennoch übergangen haben kann, nahe.[1]) Es
liesse sich darauf erwidern, dass die andern nicht benutzten
gedichte dem verf. eben so gut bekannt gewesen sein können.
Helg. Hund. II gibt in ihrem anfang dasselbe, was im ersten
Helgilied weit klarer und zusammenhängender erzählt wird;
die zweite erotische hälfte, freilich eine perle eddischer poesie,
lag den zwecken des verfassers ferner. Guðr. I 'verweilt bei
einem rührenden augenblick'[2]), ohne der erzählung einen
fortschritt zu gewähren. Das prosastück 'Dráp Nifl.' erzählt
nichts anderes als Guðr. II und die Atlilieder. Die einleitenden
worte zu Guðr. II führen den þjóðrekr ein, dem Gudrun ihr
geschick klagt: einer zusammenhängenden darstellung ziemte es,
den monolog des liedes in eine einfache erzählung zu verwan-
deln. — Allein es lässt sich, ohne zu solchen allgemeinen überlegungen seine zuflucht zu nehmen, leicht wahrscheinlich
machen, dass Helg. Hund. II, Guðr. I, Helr. Brynh., Oddr. und
Dráp Nifl. dem verfasser wol bekannt waren.

Helg. Hund. II. P. E. Müller[3]) schliesst aus den
worten am schluss von cap. 9 (B. 104, 13—15) 'þat riki tók
Helgi konungr ok dvalðist þar lengi ok fekk Sigrúnar ok
gerðist frægr konungr ok ágætr, ok er hann hér ekki síðan
við þessa sögu', dass der verfasser mehr von Helgi gewust
habe, nämlich den inhalt von Helg. Hund. II, dass er dies
aber fortgelassen habe, da es nicht mit Sigurds und Sinfjötlis
geschichte in verbindung stand.[4]) Bugge dagegen betrachtet
die worte als redactionellen abschluss der Helgierzählung. Gibt
man auch letzteres zu — allein auch das ist nicht wahrschein-

---

[1]) Bugge a. a. o. s. XL.
[2]) HS² 359.
[3]) SB II, 51.
[4]) So auch Jessen a. a. o. 54.

lich, da nach Jessens richtiger bemerkung das hér darauf hin-
deutet, dass an anderer stelle anderes und mehr zu finden sei
—, so sprechen doch andere momente für kenntnis des liedes.

a) 101, 14 f. 'þvíat með engum konungi vilda ek heldr
setr búa en með þér'. Zu diesen worten findet sich nichts
entsprechendes in H. H. I, dagegen erinnern sie sehr an H.
H. II, 17:

> nama Högna mær
> of hug mæla,
> hafa kvazk hon Helga
> hylli skyldu.

b) In den beiden Helgiliedern herscht schwanken in betreff
der namen von Hundings söhnen.

> H. H. I, 14   A'lf ok Eyjólf
>
> . . . .
>
> Hjörvarð ok Hávarð

H. H. II, prosa vor 14 (B. 193 b, 13).

> A'lf ok Eyjólf, Hjörvarð ok Hervarð.

Die Völsunga saga scheint beide angaben vereinigt zu
haben: c. 9 (B. 101, 1): A'lf ok Eyjólf, Hervarð ok Hagbarð[1]),
während dann Sigurd c. 17 (B. 118, 21) auch noch den
Hjörvarð tötet.

Guðr. I. c. 19 (B. 124, 11) heisst es 'ok eptir þetta etr
hann [Sigurðr] suman hlut hjartans ormsins, en sumt hirðir
hann': die Fáfn. pr. vor 40 (B. 225 b, 2) bieten bloss: þá at
hann Fáfnis hjarta.' Zu der änderung hat den verfasser wol
nur die stelle der prosaischen einl. zu Guðr. I bewogen (B.
242, 6 ff.): 'þat er sögn manna, at Guðrún hefði etið af Fáfnis
hjarta.' Allerdings gibt auch c. 26 (B. 143, 29): 'Sigurðr gaf
Guðrúnu at eta af Fáfnis hjarta, ok síðan var hon miklu grim-
mari en áðr ok vitrari': das lied, auf dem das capitel beruht,
ist verloren; gewis aber hat sich diese bemerkung nicht mitten
in einem liede von Sigurds hochzeit gefunden, sondern wird
auch da auf grund der prosaeinleitung zu Guðr. I eingeschoben sein.

Helr. Brynh. Dass wenigstens die prosaische einleitung
dem verfasser bekannt war, ist unten[2]) im zusammenhang
erörtert.

---

[1]) Gewis nur überlieferungsfehler für Hávarð.
[2]) s. 237.

Oddr. Die kenntnis dieses liedes wird wahrscheinlich durch vergleichung von Oddr. 32 mit Völs. s. c. 37 (B. 178, 12 ff.) Andere gründe werden sich noch im verlauf der untersuchung ergeben.

Dráp Nifl. c. 33 (B. 168, 6 f.) beruht auf Dráp Nifl. (B. 264, 16 f.).

Dr. Nifl. ok kný'tti í vargshár.	Völs. s. Guðrún rístr rúnar, ok hon tekr ein gullhring ok kný'tti í vargshár

Ebenso beruht die darstellung von Gunnars tod c. 37 (B. 178, 5 ff.) teilweise auf Dráp Nifl. (B. 264, 28—30):

Dr. Nifl. hann sló hörpu ok svefði ormana, en naðra stakk hann til lifrar.	Völs. s. ok þar til lék hann þessa íþrótt, at allir sofnuðu ormarnir, nema ein naðra mikil ok illilig . . .

An beiden stellen haben die Atlilieder nichts entsprechendes.

Unerweislich bleibt demnach nur die kenntnis der Guðrúnarkviða III. Dieser wunderliche wilde schössling der sage wird aber dem sagaschreiber gewis eben so gut bekannt gewesen sein, wie alle anderen heldenlieder der sogenannten Sæmundar-edda: ihn zu benutzen hätte aber von grosser geschmacklosigkeit gezeugt. Der liederschatz unserer sammlung, soweit er die heldenlieder betrifft, lag also unserm verfasser in demselben umfang vor, wie uns.

Ferner aber lässt sich nachweisen, dass der dem sagaschreiber vorliegende codex im wesentlichen ganz dieselben prosastücke wie R enthalten hat, und zwar im grossen und ganzen in derselben ordnung der lieder und prosastücke. Beides wird folgende tabelle veranschaulichen, in der ich die folge der einzelnen lieder und prosastücke nach R gebe und die entsprechende stelle der paraphrase in der saga ihnen gegenübersetze. Der leichtern übersicht wegen numerire ich die einzelnen prosastücke mit beifügung von Bugges zeilen- und seitenzahl.[1]

---

[1] Im allgemeinen sei bemerkt, dass den citaten der liedstrophen Bugges ausgabe zu grunde liegt. Die prosastücke citiere ich der kürze halber in der regel nur nach Bugges seiten- und zeilenzahlen.

R	In der Völs. s. benutzt
Helg. Hund. 1, str. 1—56.	c. VIII. IX. Bugge 100, 7—104, 13.
[Helg. Hund. II.	vgl. s. 217 f.]
FrádauðaSinfjötla (B. 202, 1—203, 13).	c. X. B. 104, 16—105, 26. Vgl. auch 95, 11—13.
Sig. I. [Grípisspá].	Kurzer auszug c. XVI. B. 126, 5—12.
Sig. II. prosa 1 (B. 212ᵃ, 1—35).	c. XIII. B. 110. 23 f. 111, 21 f. XIV. B. 112, 11—113, 6.
Sig. II, str. 1—4.	c. XIV. B. 113, 17—114, 3 [str. 3. 4. unbenutzt].
Sig. II. prosa 2 (B. 213ᵃ, 1—6).	c. XIV. B. 114, 4—6.
Sig. II. str. 5.	c. XIV. B. 114, 6—8.
Sig. II. prosa 3 (B. 213ᵇ, 1—9).	c. XIV. B. 114, 8—13.
Sig. II. str. 6—9.	c. XIV. B. 114, 14—19 [nur str. 6 benutzt.]
Sig. II. prosa 4 (B. 214ᵃ, 1—6). Sig. II. str. 10. 11. Sig. II. prosa 5 (B. 214ᵇ, 1—7). Sig. II. str. 12. Sig. II. prosa 6 (B. 214ᶜ, 1—215ᵃ, 2). Sig. II. str. 13. 14.	Nicht unmittelbar benutzt. Den wesentlichen inhalt von prosa 4. 5 gibt c. XIV. B. 114, 20—26.
Sig. II. prosa 7 (B. 215ᵃ, 1—14).	c. XV. B. 115, 5—116, 1. Noch andere quellen?
Sig. II. str. 15.	c. XV. B. 116, 1—2. XVI. B. 116, 12—15.
Sig. II. prosa 8 (B. 215ᵇ, 1—216ᵃ, 2).	c. XVII. B. 116, 16—117, 2.
Sig, II. str. 16—18.	c. XVII. B. 117, 2—16
Sig. II. prosa 9 (B. 216ᵇ, 1—3).	c. XVII. B. 117, 6—17.
Sig. II. str. 19—25.	Unbenutzt.
Sig. II. prosa 10 (B. 217ᵇ, 1—218ᵃ, 2).	c. XVII. B. 118, 3 ff. Weiter ausgedehnt!
Sig. II. str. 26.	Unbenutzt.
Sig. II. prosa 11 (B. 218ᵇ, 1—3).	c. XVII. B. 118, 26—29.
Fáfn. prosa 1 (B. 219ᵃ, 1—14).	c. XVIII. B. 119, 3—120, 2. Noch andere quellen?
Fáfn. str. 1.	c. XVIII. B. 120, 2—4.
Fáfn. prosa 2 (B. 219ᵇ, 1—5).	Unbenutzt.
Fáfn. str. 2—22.	c. XVIII. B. 120, 4—122, 8.
Fáfn. prosa 3 (B. 223ᵃ, 1—4).	c. XIX. B. 122, 9. 16 f.
Fáfn. str. 23—26.	c. XIX. B. 122, 10—16 [str. 24—26 nicht benutzt].
Fáfn. prosa 4 (B. 223ᵇ, 1—5).	c. XIX. B. 123, 5—6.
Fáfn. str. 27—31.	c. XIX. B. 123, 7—8. 122, 17—123, 3.
Fáfn. prosa 5 (B. 224. 1—11.	c. XIX. B. 123, 8—13.
Fáfn. str. 32—39.	c. XIX. B. 123, 13—20. 124, 2—9.
Fáfn. prosa 6 (B. 225, 1—5).	c. XIX. B. 124, 9—12.

Fáfn. str. 40—41.	c. XIX. B. 123, 20—124, 2. Stark gekürzt!
	c. XIX. B. 124, 12—23.
Fáfn. prosa 7 (B. 226, 1—13).	c. XX. B. 124, 24—125, 7.
Sgrdrf. prosa 1 (B. 227, 1—18).	c. XX. B. 125, 7—14. Stark geänd.!
Sgrdrf. str. 1. 2.	c. XX. B. 126, 3—4.
Sgrdrf. prosa 2 (B. 228, 1—4).	c. XX. B. 126, 1—2.
Sgrdrf. str. 3. 4.	c. XX. B. 125, 14—22.
Sgrdrf. prosa 3 (B. 229, 1—21).	c. XX. B. 126, 5—132, 7. XXI. 132, 8—133, 1.
Sgrdrf. str. 5—29².	[c. XXI. B. 133, 2 — c. XXIX. B. 155, 5].
	c. XXXI. B. 159, 16—160, 4 [nur str. 15—19 benutzt].
Lücke.	Unbenutzt.
Brot af Sig. [1—19].	Unbenutzt [vgl. aber: s. 218].
	Unbenutzt.
Fra dauða Sigurðar, prosa (B. 241, 1—15).	
Guðr. I. prosa 1 (B. 242, 1—10).	c. XXX. B. 155, 6—156, 7. 157, 15—159, 8. XXXI. B. 160, 5—162, 1.
Guðr. I. str. 1—27.	
Guðr. I. prosa 2 (B. 246, 1—9).	Unbenutzt.
Sig. III. str. 1—71.	Unbenutzt [vgl. aber: s. 219].
	Unbenutzt.
Helr. Brynh. prosa (B. 260, 1—9).	
Helr. Brynh. str. 1—14.	c. XXXII. B. 162, 15—166, 17. XXXIII. B. 167, 1—17.
Dráp Nifluuga (B. 264, 1—30).	
Guðr. II. prosa (B. 265, 1—5).	Unbenutzt.
Guðr. II. str. 1—44.	Unbenutzt [vgl. aber s. 219].
	Unbenutzt.
Guðr. III. prosa (B. 274, 1—5).	c. XXXIII. B. 168, 14—169, 3. XXXV. B. 171, 21—172, 3. 18, 173—2. XXXVII. B. 175, 16—22. 177, 1—178, 7. XXXVIII. B. 182, 3—6.
Guðr. III. str. 1—11.	
Oddrúnargr. prosa (B. 276, 1—18).	
Oddrúnargr. str. 1—34.	
Akv. prosa 1 (B. 282, 1—6).	Unbenutzt.
Akv. str. 1—43.	c. XXXIII. B. 167, 21—168, 13. 169, 3—8. 15—17. XXXIV. B. 169, 18—171, 7. XXXV. B. 171, 8—21. 172, 3—18. 173, 2—11. XXXVI. B. 173, 12—175, 9. XXXVII. B. 175, 10—11. 24—177, 1. 178, 7—10. XXXVIII. B. 178, 15—182, 3. 182, 6—8.
Akv. prosa 2 (B. 291, 1. 2).	
Atlamál str. 1—105.	

Guðr. hvöt prosa (B. 311, 1—18).　　c. XXXIX. B. 182, 16—22.
Guðr. hvöt str. 1—21.　　　　　　　c. XLI. B. 184, 19—185, 23.
Hamðismál str. 1—31.　　　　　　　[c. XLII. B. 186, 4—7. 16—22.
　　　　　　　　　　　　　　　　　　187, 2—6].
Hamðismál prosa (B. 323. 1. 2).　　Unbenutzt.

Einzelne abweichungen in der ordnung der benutzung sind folgende. Der kurze auszug der Grípisspá[1]) ist in die paraphrase der Reginsmál eingeschoben. Das ist die natürliche ordnung der ereignisse: der verf. lässt Grípirs weissagung erst nach dem schmieden des schwertes eintreten, in übereinstimmung mit Gríp. str. 9. Die paraphrase der letzten strophen (15—19) des Brot af Sig. ist in die der Sigurðarkviða III eingeschoben, wie die der Akv. in die der Atlm., da an beiden stellen wesentlich paralleldarstellungen vorlagen. — An einzelnen orten findet sich in kleinigkeiten gewis eine bessere ordnung in der Völsunga saga als in R: so hat bereits Bugge[2]) darauf aufmerksam gemacht, dass in dem anfang der Sigrdrífumál die ordnung der Völsunga saga c. 20 (B. 125, 14—126, 4) gewis die ursprünglichere, dagegen die in R verderbt ist. Auch in der ordnung der Reginsmál vermute ich, dass die Völsunga saga an einzelnen stellen das richtige hat.

So viel geht wol aus einer vergleichung der benutzung wie vor allem der ordnung dieser benutzung mit bestimmtheit hervor, dass Bugges aufstellung, die sammlung, die dem sagaschreiber vorlag, habe mehrere gedichte nicht gekannt, die R enthält, unhaltbar ist. Die kenntnis eines, vielleicht auch mehrerer lieder, und einiger prosastücke ist allerdings unerweislich: da sich aber ihre nichtbenutzung aus dem ganzen charakter derselben genügend erklärt, sonst die übereinstimmung in der benutzung der lieder und prosastücke wie in ihrer reihenfolge geradezu schlagend ist, haben wir allen grund zu der annahme, dass die sammlung, die dem sagaschreiber vorlag, keine andere als unsere fälschlich sogenannte Sæmundar-Edda war.

Dass die vom sagaschreiber benutzte hs. der sammlung

---

[1]) Grípisspá mit langer erster silbe schreibe ich nach dem vorgang Zupitzas zs. für deutsche phil. IV, 445, dem sich auch Hildebrand in seiner ausgabe angeschlossen hat.

[2]) Zu Sgrdrf. 2.

und R auf dieselbe vorlage zurückgehen, lässt sich nicht erweisen, ist auch kaum wahrscheinlich. Gewis aber ist, dass
an manchen stellen die hs. des verfassers besser war als **R**,
es scheint glaublich, dass manche dieser fehler und auslassungen
nicht dem schreiber von R, sondern bereits seiner vorlage zuzuschreiben sind. Manche lücken in R finden sich in der Völsunga saga nach besserer vorlage widergegeben, die letzte
halbstrophe von Fáfn. 3 fehlt R; Völs. s. c. 18 (B. 120, 8 f.)
hat sie gekannt und gibt sie wider. Nach Atlm. str. 26 fehlt
die correspondierende strophe Gunnars in R, die Völs. s. c. 34
(B. 170, 13 f.) erhalten scheint. Die zweite halbstrophe von
Sgdrfm. 8 fehlt R, aber nicht Völs. s. (B. no. 11). Auch einzelne lesarten der dem verfasser vorliegenden hs. sind wol
bessere gewesen. So Fáfn. 9:

> heiptyrði ein
> telr þú þér í hvívetna.

Dafür findet sich Völs. s. c. 18 (B. 120, 24): heiptyrði
tekr þú hvetvetna því [1]), er ek mæli. Letzterer sinn passt
ungleich besser in den zusammenhang. Freilich ist die möglichkeit nicht ausgeschlossen, dass änderung des sagaschreibers
hier vorliegt. Jedenfalls will mich bedünken, dass Bugge in
der verwertung der saga für die textkritik der Eddalieder viel
zu weit gegangen ist: es wird sich noch im verlauf der darstellung zeigen, dass der sagaschreiber sich auch im wortlaut
gern selbständige änderungen erlaubte.

Es ist nun die art der benutzung genauer ins auge zu
fassen.

Die erste spur einer benutzung lässt sich vielleicht c. 7
(B. 95, 11 ff.) nachweisen, wol beruhend auf frá dauð. Sinfj.
Indes ist die übereinstimmung nicht so gross, dass wir notwendig benutzung annehmen müssen. — Mit c. 8 (B. 100, 5)
beginnt dann nach einer kurzen aus Sinfj. lok genommenen
orientierung eine paraphrase des ersten Helgiliedes, die bis
zum schluss von c. 9 geht. str. 1. 2 sind ganz kurz widergegeben, str. 3 — 7, als unwesentlich für den fortgang der erzählung, ganz übergangen. Die aufzählung der städte, die

---

[1]) Vielleicht ist nach Bugges vorschlag zu lesen: hvetvetna þat
oder hvervetna í því.

Helgi str. 8 von Sigmund als erbe erhält, ist gekürzt, von den
sieben namen nur zwei behalten. Es schliesst dann c. 8 mit
den worten (100, 16 f.): 'var Helgi konungr yfir liðinu, en
Sinfjötli var fenginn til með honum, ok réðu báðir liði': die
erwähnung Sinfjötlis findet sich nicht im liede, war aber nötig
wegen des folgenden zankgesprächs zwischen Sinfjötli und Guðmundr. — Im folgenden wird dann der kampf Helgis mit den
Hundingssöhnen kurz nach str. 10—14 geschildert, die ausmalung der schlacht ist aber ein zusatz in der beliebten weise
des sagaschreibers. Die namen der von Helgi getöteten Hundingssöhne sind etwas abweichend.[1] Wichtiger aber ist, dass
str. 14, 7—8:

> farit hafði hann allri
> ætt geirmímis [Hundings]

übergangen ist, da nach anderer darstellung (Sig. II, 26) Sigurd,
aber auch Sigmund, noch kämpfe mit den Hundingssöhnen zu
bestehen hat. Wir finden hier das erste beispiel für das streben des verfassers nach ausgleichung sich widersprechender
sagenformen. — Es folgt die begegnung mit Sigrún, die ganz
modernisiert ist: mit recht wird SB. II, 49 bemerkt, dass die
valkyrie zur einfachen prinzessin geworden ist, die mit ihren
jungfrauen spazieren reitet. Das gespräch zwischen Helgi
und Sigrún ist wesentlich nach str. 16—20 widergegeben: die
worte (B. 101, 14 ff.) 'þvíat með engum konungi vilda ek heldr
setr búa en með þér' aber haben nichts entsprechendes und
scheinen, wie bemerkt, auf Helg. Hund. II, 17 zu beruhen. —
Wenn str. 18 es im liede heisst:

> en ek hefi, Helgi!
> Höðbrodd kveðinn
> konung óneisan
> sem kattar son,

und dafür in Völs. s. c. 9 (B. 101, 11 f.) eintritt 'en ek hefi
því heitit, at ek vil eigi eiga hann, heldr en einn krákuunga,
so zeigt dies das streben des verfassers, ihm ungeläufige wen-
dungen durch geläufigere widerzugeben.[2] Das folgende, Helgis

---

[1] Vgl. s. 21 s.

[2] Dass kráka und krákuungi bezeichnungen für etwas verächt-
liches sind, belegt Bugge zu H. H. 1, 18, 7 aus Yngl. s. c. 31 und Fms.
VIII, 241. Vgl. auch Aslaug als Kráka.

seesturm, Sinfjötlis zank mit Guðmundr und der kampf mit
den Granmarssöhnen schliessen sich in gekürzter darstellung an
das erste Helgilied an. In den namen sind abweichungen:
dass statt Guðmundr, Hodbrodds bruder, Granmarr, Hodbrodds
vater, den zank mit Sinfjötli führt, mag blosser abschreiberfehler
sein. Im einzelnen ist überdies manches geändert. Für Ylfingar str. 34 sind Völsungar eingetreten, wie denn überhaupt
der verfasser ersteren namen vermeidet. Str. 36:

þú hefir . . .

. . . . . .

. . brœðr þínum
at bana orðit

ist geändert in 'ok brœðr þína drepit' (102, 24), da ja nach
der früheren darstellung Sinfjötli zwei söhne des Siggeirr
tötet. — Auch zusätze finden sich: so die worte 102, 24 ff.
'ok er kynligt, er þú þorir at koma í her með góðum mönnum'.
Ueberhaupt ist im grossen und ganzen die darstellung eine
ohne kenntnis des liedes oft unverständliche geworden. — Die
letzte strophe des liedes scheint unbenutzt zu sein, dagegen,
wie bemerkt, der schlusssatz von c. 9 auf kenntnis des zweiten Helgiliedes zu deuten.

c. X gibt in etwas erweiterter darstellung die prosa frá
dauða Sinfjötla (B. 202 f.) wider.[1])

c. XI und XII (Sigmunds vermählung und fall, Hjördis
zweite vermählung mit Alfr) beruhen nicht auf quellen unserer
sammlung: ihre sagenhafte gewähr kann erst später erörtert
werden.

c. XIII (Sigurds geburt und erziehung durch Reginn, Granis erkiesung) beruht gleichfalls nicht durchweg auf nachweis-
barer quelle. — Allein ich halte dies capitel nicht für die
widergabe eines verlorenen liedes, sondern für ausweitung der
prosaischen einleitung zu den Reginsmál (Sigurðarkviða II).
Für diese annahme spricht zunächst, dass alle in c. 10 erzähl-
ten begebenheiten in jener prosa angedeutet sind: dass Sigurd
von Regin erzogen wird, die erkiesung eines rosses und Regins
aufreizung. Ueberdies findet sich mitten im capitel eine widergabe des Sinfj. lok (B. 203, 7—13).

---

[1]) Vgl. s. 215 ff.

Völs. s. 110, 15—17. 19—21.

frá honum segja allir eitt, att um atferð ok vöxt var engi hans maki . . . . ok þá er nefndir eru allir hinir ágæztu menn ok konungar í fornum sögum, þá skal Sigurðr fyrir ganga um afl ok atgervi, kapp ok hreysti, er hann hefir haft um hvern mann framm annarra í norðrálfu heimsins. Sigurðr óx þar upp með Hjálpreki . . . . .

Sinfj. lok B. 203, 7—13.

óx Sigurðr þar upp í barnœsku. Sigmundr ok allir synir hans váru langt umfram alla menn aðra um afl ok vöxt ok hug ok alla atgervi. Sigurðr var þó allra framarstr ok hann kalla allir menn í fornfrœðum um alla menn fram ok göfgastan herkonunga.

Die ganze darstellung des capitels zeigt das bestreben, einzelne andeutungen zu einer zusammenhängenden erzählung zu verknüpfen, die für die saga notwendig war. Dass Sigurd überhaupt geboren und erzogen wird, konnte jedes lied als selbstverständlich übergehen, die saga muste es ausdrücklich erzählen. Auch solche züge wie 40, 12 f., dass Hjalprek sich über Sigurds leuchtende augen freut, stehen zwar ganz im zusammenhang der sage, werden aber zu oft in den liedern angedeutet (vgl. Fáfn. 5), um die voraussetzung einer quelle notwendig zu machen. — Wichtiger ist das eingreifen Odins bei Granis erkiesung, das gerade hier am wenigsten auffallendes hat. Nach der prosaischen einleitung zu Sig. II ist Odin bei diesem akte nicht tätig. Ob in der tat Odins eingreifen hier alte sagenüberlieferung ist, wird sich erst später besprechen lassen: vorläufig ist nur zu sagen, dass dies jedenfalls nicht auf einem liede zu beruhen braucht, sondern auch mündlicher überlieferung seine entstehung verdanken kann. Die dann folgenden aufreizungen Regins zur tötung Fáfnirs finden sich an verschiedenen stellen des zweiten Sigurdsliedes angedeutet. Diese überlegungen machen es mir höchst wahrscheinlich, dass c. 13 nicht, wie Bugge a. a. o. s. XXXVII will, auf einem verlorenen liede beruht, sondern freie, durch den sagastil gebotene erweiterung des verfassers ist, die an manchen stellen an volksüberlieferung angeknüpft haben mag.

Mit c. XIV beginnt eine ziemlich wörtliche widergabe der prosaischen einleitung der Sig. II, die freilich, nach des verfassers weise, breiter angelegt ist. Wenn Bugge aus der widerholung 112, 15 f. 'Otr . . . . var jafnan í ánni ok bar upp fiska

með munni sér’ — und 113, 4 ‘Otr bróðir minn fór jafnan í
þenna fors ok bar upp fiska í munni sér’ auch hier auf benutzung zweier quellen schliesst, so ist das nicht nur ganz unnötig, denn beides besagt gar nicht dasselbe — die erste stelle
spricht nur von Otrs wesen überhaupt, die zweite von Andva-
rafors und Otrs aufenthalt in demselben —, sondern wol ge-
radeswegs undenkbar, denn wie hätten zwei verschiedene quellen
wörtlich gleich lauten können? — Sig. II, 1. 2 werden angeführt, 3. 4 sind nicht benutzt, da sie überhaupt nicht in den
zusammenhang hinein passen. Dagegen sind str. 5, sowie die
vorhergehende und folgende prosa (B. 213 a, 1—6 213 b, 1—9)
im ganzen genau widergegeben und str. 6 citiert. — Eine abweichung ist hier jedoch von interesse: 114, 6 wird Andvaris
fluch widergegeben: ‘at hverjum skyldi at bana verða, er
þann gullhring ætti, ok svá allt gullit.’ Dem entspricht
Sig. II, 5:

> þat skal gull,
> er Gustr átti
> u. s. w.

Möglicherweise hat der verfasser doch noch gefühlt, dass
der fluch Andvaris ursprünglich an den ring sich knüpfe,
und hat diesen deswegen eingesetzt: wahrscheinlicher aber hat
er eine doppeldeutigkeit seiner quelle beseitigt, da an. gull ja
auch speciell ‘goldring’ bedeutet. — Der schluss des capitels
fasst die weitläufigere darstellung des liedes str. 7—14 zusam-
men: eine überleitung zum schmieden des schwertes bildet
das ende.

Es folgt nun c. 15 die erzählung vom schmieden des
schwertes Gram, viel ausführlicher als in der prosa vor str. 15
der Reginsmál (B. 215 a, 1—14): dass indes diese prosa zum
schluss benutzt ist, beweist eine einfache vergleichung des
wortlautes:

115, 25 ff.	Sig. II. B. 215, 6 ff.
Sigurðr hjó í steðjann ok klauf niðr í fótinn, ok brast eigi né brotnaði; hann lofaði mjök sverð ok fór til árinnar með ullarlagð ok kastar í gegn straumi, ok tók í sundr, er hann brá við sverðinu; gekk Sigurðr þá glaðr heim.	Reginn gerði Sigurði sverð, er Gramr hét; þat var svá hvast, at hann brá því ofan í Rín ok lét reka ullarlagð fyr straumi, ok tók í sundr lagðinn sem vatnit. Því sverði klauf Sigurðr í sundr steðja Regins.

Ebenso ist der schluss des capitels eine widergabe von Sig. II, 15. — Der anfang aber, dass Regin erst da ein schwert zu stande bringt, das für Sigurd taugt, als dieser die stücke des zerbrochenen Odinschwertes, welches Sigmund geführt hatte, herbeiholt, ist ein ganz neuer zug. Den zug selber halte ich für echt, ohne dass dem verfasser dennoch hier eine verlorene quelle vorgelegen zu haben braucht. Es war c. 12 erzählt, wie Sigmund die stücke seines vor Odins ger zerschellten schwertes der Hjördis übergibt, dass sie sie für Sigurd bewahre: offenbar beruht jene stelle auf einem verlorenen liede, bestätigt wird sie durch eine spätere stelle der saga c. 25 (B. 141, 2 ff.), und auch Hyndl. 2 erhält Sigmund von Odin das schwert. Die notwendige consequenz muste sein, dass diese schwerttrümmer nun auch für Sigurd neu geschmiedet werden; die vermutung wird deshalb erlaubt sein, dass der sagaschreiber hier, ohne nähere quelle, die consequenzen jener früheren stelle gezogen und in die paraphrase des zweiten Sigurdsliedes sich einen einschub erlaubt hat.

c. XVI ist ein ganz kurzer auszug der Grípisspá (Sigurðarkviða I, die der verfasser in ihrer ganzheit natürlich nicht brauchen konnte. 'en litlu síðar, en sverðit var gert' (116, 6) ist eine zeitbestimmung, die selbständig hinzugefügt ist, aber sich in übereinstimmung mit Sig. I, 9 als die verständigste ergab.

Auch in der erzählung des c. XVII (Sigurds kampf mit den Hundingssöhnen) lässt sich nur eine erweiterung von Sig. II erblicken. Mit der dürftigen erwähnung der prosa B. 215b, 1—216a, 2 konnte ein zusammenhängender bericht sich nicht zufrieden geben, falls die darstellung nicht eine einfache protokollierung von factis werden sollte. Dass aber wirklich jenes prosastück benutzt ist, ergibt sich aus dem wortlaut:

171, 1 f.	Sig. II, B. 215b, 3 f.
or en þeir sigldu fram fyrir bergnös nökkura.	ok beittu fyr bergsnös nakkvara.

Dass wir ferner zur annahme weiterer quellen keine berechtigung haben, zeigt 116, 28 f.: 'eigi bað Sigurðr svipta seglunum, þótt rifnuðu, heldr bað hann hæra setja en áðr.' — Es ist das nämlich eine reminiscenz an den seesturm Helgis c. 9 (B. 102, 5): 'Helgi bað þá ekki óttast ok eigi svipta seglunum, heldr setja hvert hæra en áðr.' (Vgl. H. H. I, 29).

Auch die erwähnung des roten meeres (116, 28) kann wol nicht gut einem liede entnommen sein. — Die besänftigung des sturmes durch Hnikarr-O'ðinn beruht auf Sig. II, 16. 17 und der prosa vor str. 19 (B. 216 b, 1—3): str. 18 wird citiert. Im liede folgen dann lange weisheitsregeln Odins, die der saga-schreiber ausgelassen hat. Dafür gibt die saga eine ganz aus-führliche kampfschilderung (117, 19—118, 25), der im liede nur wenige prosazeilen (B. 217 b, 1—218 a, 2) und str. 26 ent-sprechen. Dass hier ein einfacher zusatz vorliegt, ergibt sich daraus, dass die ganze langatmige schilderung aus frühern kampfesschilderungen c. 9 und 11 armselig zusammengelesen ist. Als charakteristicum für des verfassers arbeitsweise setze ich die vergleichung ganz hierher, ohne vorläufig entscheiden zu wollen, ob in c. 11 die analoge schilderung auf quellen beruht.

c. XVII (118, 5 ff.).

tekst þar in harðasta orrosta
með þeim; mátti þar á lopti sjá
mart spjót ok örvar margar,
öxi hart reidda, skjöldu klofna ok
margan mann steypast til jarðar.
Ok er orrostan hefir svá staðit mjök langa hrið, sœkir
Sigurðr framm um merkin ok
hefir í hendi sverðit Gram; hann
höggr bæði menn ok hesta ok
gengr í gegnum fylkingar ok
hefir báðar hendr blóðgar til
axlar, ok stökk undan fólk, þar
sem hann fór, ok helzt hvárki
við hjálmr né brynja . . . . . .
. . . . fell þar svá
mart fyrir Hundingssonum,
at engi maðr vissi töl á.

c. XI (107, 6 ff.).

tekst þar nú hörð orrosta,
ok þótt Sigmundr væri gamall, þá
barðist hann nú hart ok var jafnan
fremstr sinna manna; helzt hvárki
við honum skjöldr ne brynja,
ok gekk han jafnan í gegnum
lið úvina sinna á þeim degi, ok
engi matti sjá, hversu fara mundi
þeira í millum; mart spjót var
þar á lopti ok örvar, en svá
hlifðu honnm hans spádísir, at hann
varð ekki sárr, ok engi kunni
töl, hversu margr maðr fell
fyrir honum; hann hafði báðar hendr blóðgar til axlar;
ok er orrostan hafði staðit
um hríd, þá kom maðr í barda-
gann með síðan hött etc.

c. IX (100, 20 ff.).

þar tekst orrosta með þeim,
ok gengr Helgi fast framm, ok
ly'kst með því sjá bardagi . . . .
þeir eiga harða orrostu, ok
gengr Helgi í gegnum fyl-
kingar þeira brœðra ok sœkir
at merkjum sona Hundings konungs . . . .

Es schliesst dann das capitel mit einer auf der schlussprosa der Reginsmál (B. 218 b, 1—3) beruhenden erneuten aufreizung Regins.

Ueberblicken wir die benutzung des zweiten Sigurdsliedes, so charakterisiert sie des verfassers arbeitsweise deutlich: was benutzt werden konnte, ward benutzt, kurze andeutungen ausgedehnt, eine widerholung eigener worte nicht vermieden, gar zu langweiliges ausgelassen, widersprechendes vereinigt. Eins aber wird dadurch unleugbar erreicht, eine verständliche, gut lesbare erzählung, die zwar wenig darstellungstalent verrät, ihrem zweck jedoch völlig entspricht.

c. XVIII und XIX erzählen die tötung Fáfnirs und Regins. Der eingang ist bei weitem ausgedehnter als in R: unverkennbar ist jedoch, dass die prosaeinleitung zu den Fáfnirsmál (B. 219, 1—14 dem verfasser bekannt war.

Völs. s. 119, 3 ff.	Fáfn. B. 219, 1 ff.
er Fáfnir var vanr at skríða	slóð Fáfnis, þá er hann skreið til vatns
Sigurðr gerði gröf eina	þar görði Sigurðr gröf mikla
hann fný'sti eitri alla leið fyrir sik framm	blés hann eitri, ok hraut þat fyr ofan höfuð Sigurði
ok er ormrinn skreið yfir gröfina,	en er Fáfnir skreið yfir gröfna, þá
þá leggr Sigurðr sverðinu undir bœxlit	lagði Sigurðr hann með sverði til hjarta.
þá hleypr Sigurðr upp ór gröfinni	Sigurðr hljóp ór gröfinni

Indes ist ein ganz neuer zug in die darstellung hineingekommen, widerum ein eingreifen Odins, der den tückischen absichten Regins gegenüber Sigurd rät, mehrere gruben zu graben, damit das blut des drachen besser abfliesse und Sigurd nicht ertränke. Man könnte geneigt sein, hier eine verlorene quelle wirklich anzunehmen. In feiner weise sucht Bugge[1]) diese ansicht zu stützen durch eine halbstrophe der Sverris saga c. 164[2]):

<blockquote>

úlíkr ertu

yðrum niðjum

þeim er framráðir

fyrri váru,

</blockquote>

die dort ohne quellenangabe citiert wird: kurz darauf wird

---

[1]) a. a. o. s. XXXVIII.

[2]) Fms. VIII, 409.

Fáfn. str. 6, 4—6 angeführt. In dieser halbstrophe nun sieht
Bugge das bruchstück eines Sigurdsliedes, das dem sagaschreiber an unserer stelle vorlag. Jene angeführten zeilen
sollen widergegeben sein 119, 13 f.: 'eigi má þér ráð ráða, ef
þú ert við hvatvetna hræddr, ok ertu úlíkr þínum frændum
at hughreysti.'[1] — So geistreich diese vermutung ist, zwin-
gende kraft hat sie keineswegs: die halbstrophe hat keine so
prägnante färbung, dass sie sich nicht auch auf andere ähnliche situationen beziehen könnte. Es bleibt überhaupt, wie
meiner ansicht nach Jessen[2] mit recht bemerkt hat, fraglich,
ob auch nur die halbstrophe aus den Fáfn. aus diesem liede
in die Sverr. s. übergegangen ist. Gar wol mögen diese worte

> fárr er hvatr
> er hrœrast tekr,
> ef hann er í bernsku til blauðr

ein sprichwort gewesen sein, das aus dem volksmunde in das
lied und in die saga unabhängig überging; nicht zu übersehen
ist dabei, dass die schwankungen in der überlieferung nicht
unbeträchtlich sind.

Trotzdem ist hier die annahme einer verlorenen quelle
nicht ganz von der hand zu weisen, es wird hier die erörterung über Odins eingreifen von gewicht sein. — Das gespräch
zwischen Sigurd und dem sterbenden Fafnir (120, 2—122, 8)
ist durchweg ein genauer auszug aus Fáfn. str. 1—22. Einige
male findet sich dabei das bestreben, unvermittelt auftretende
gedanken zu erklären, wodurch nicht selten ein falscher sinn
hineinkommt. str. 7, 3—6:

> nú ertu haptr
> ok hernuminn,
> æ kveða bandingja bifaz

wird widergegeben (120, 19 ff.): 'en þetta er meiri furða, er
einn bandingi hertekinn skal þorat hafa at vega at mér, þvíat
fár hernuminn er frœkn til vígs.' In dieser reihenfolge ist der
sinn der Völsunga saga unrichtig. — Merkwürdig wird auch
str. 11 mitgespielt; die etwas schwierige strophe besagt kurz
'trotz aller vorsichtsmassregeln entgeht keiner seinem schick-

---

[1] Vgl. auch c. 13 (B. 112, 2 ff.).
[2] a. a. o. 48, anm. 2.

sal'; der verfasser ändert das (121, 4 f.) in die gute lehre,
beim sturme nicht aufs meer zu fahren, sondern lieber am
lande auf windstille zu warten. — Str. 126:

ok kjósa mœðr frá mögum

ändert der verfasser in den gewöhnlicheren ausdruck 'ok kjósa
mögu frá mœðrum.' [1]) — Zwischen die paraphrase von str. 15
und 16 ist die von str. 22, 1—3 eingeschoben: weshalb, weiss
ich nicht zu sagen. — str. 19 nicht benutzt. — 122, 2—4:
'ríða muntu þar til, er þú finnr svá mikit gull, at gert er um
þína daga, ok þat sama gull verðr þinn bani, ok hvers annars,
er þat á' ist eine erweiterung aus str. 20, 4—6:

it gjalla gull
ok it glóðrauða fé,
þér verða þeir baugar at bana.

Durch den zusatz 'ok hvers annars er þat á' soll der fluch
Fafnirs mit dem Andvaris in verbindung gesetzt werden.

Das XIX. capitel setzt die paraphrase von Fáfn. fort, auch
die prosastücke sind oft wörtlich benutzt. Ein zusatz ist 122,
13 f.: 'nú stendr Reginn ok sér niðr í jörðina langa hríð' und
noch einige andere harmlose zusätze finden sich (122, 20 f. 'ok
vissir . . . jörð; 122, 23 f. ok eigi hefðir . . . annarra). —
Wenn es 123, 5 heisst: 'þá skar Sigurðr hjartat ór orminum
með því sverði, er Riðill hét', so ist Sigurðr wol nur schreib-
fehler für Reginn.[2]) — Die ratschläge der adlerinnen sind ab-
gekürzt: sehr beachtenswert ist, dass schon hier für Sigrdrifa
(str. 44, 5) Brynhild eingesetzt ist (124, 1): der zusatz 'ok mun
hann nema þar mikla speki' anticipiert den inhalt von Sigrdrífumál. — Die tötung Regins und der erwerb des hortes stützen
sich auf str. 39, die prosa B. 225, 1 f. und die schlussprosa
B. 226, 1—13; letztere ist erweitert. — Interessant ist noch
die bereits oben auf kenntnis der einleit. prosa zu Guðr. I
zurückgeführte änderung, dass Sigurd nur ein stück von Fafnirs
herz isst, das andere aber aufbewahrt, um es später Gudrun
geben zu können. Solche züge zeigen deutlich das bestreben
des verfassers, widersprechende angaben zu vereinigen, und es

---

[1]) Man braucht nicht mit Grimm lieder der alten Edda, s. 187 die
lesart von R nach Völs. s. zu bessern. Vgl. zu Sgrdrfm. 9.

[2]) Vgl. Fáfn. B. 223 b, 1 ff. SE I, 356, 16.

lässt sich gerade dieses bestreben nicht scharf genug betonen, da es die ganze composition der saga erklärt.

Wie in R folgt auch in der saga unmittelbar in c. XX auf die schlussprosa der Fáfn. die einleitende prosa der Sigrdrifumál. Beide lieder sind in R überhaupt nicht getrennt. — 124, 24—125, 7 widerholt jene anfangsprosa nahezu wörtlich: 125, 7—14 aber ändert str. 1 sehr stark. Str. 1 spricht Sigrdrifa, aus dem zauberschlafe erwachend:

> hvat beit brynju?
> hví brá ek svefni?
> hverr feldi af mér
> fölvar nauðir?

und Sigurd erwidert:

> Sigmundar burr,
> sleit fyr skömmu
> hrafns hrælundir
> hjörr Sigurðar.

Dagegen heisst es in der saga: 'hon spurði, hvat svá var máttugt, er beit brynjuna, „ok brá mínum svefni: eða man hér kominn Sigurðr Sigmundarson, er hefir hjálm Fáfnis ok hans bana i hendi?“' Sigurd bestätigt das dann in den landläufigsten phrasen. Es braucht nicht der versicherung, dass die situation der saga ungleich novellistischer dadurch geworden ist. Damit steht in engem zusammenhang, dass auch hier Sigrdrifa zur Brynhild wird, und das ganze mit einer formellen verlobung endet. Auf die ganze schwierige frage nach der identität von Sigrdrifa und Brynhild wird später ausführlich einzugehen sein: hier genüge es, die änderung des verfassers, durch die, wie ich glaube, der inhalt unserer sage bedenklich zerstört wird, ausdrücklich hervorzuheben. — Die ordnung der Völsunga saga ist eine andere, wie die in R: allein ich möchte hier mit Bugge [1] annehmen, dass sie in R verderbt ist. Sie ist wenigstens in der saga unweit klarer und verständiger: für das einzelne darf auf Bugges bemerkung verwiesen werden. — Wie wenig übrigens dem verfasser Sigrdrifas valkyriennatur noch verständlich war, zeigt die bescheidene ablehnung (125, 22 ff.): 'hon svarar: þér munuð betr kunna' u. s. w., von der das lied nichts weiss. — Die strophen 5. 6. 10. 12. 7—9. 11.

---

[1] S. 228.

13, ¹⁻⁶. 15—21 werden citiert mit mannigfachen textlichen
abweichungen, die kaum alle auf andere handschriftliche überlieferung oder auf schreiberwillkür deuten: manche möchte ich
dem verfasser zuschreiben, ich komme darauf zurück.

In cap. XXI wird die paraphrase von Sigrdrifas weisheitsregeln fortgesetzt, die nur zu der bemerkung veranlassung gibt,
dass nicht immer die reihenfolge der strophen innegehalten
ist. Mit den worten Sgrdr. 29 ²: þótt með seggjum fari schliesst
für uns vorläufig die vergleichung. Nach diesen worten tritt
die lücke in R ein, der schluss der Sigrdrfm. findet sich nur
in papierhss. Die erörterung der echtheit dieses schlusses
wird sich besser im zusammenhang der betrachtung jener
partie der saga, die der lücke in R entspricht, vornehmen
lassen.

Erst mit dem anfang von cap. XXX (B. 155, 6) werden
wir wider in den kreis der erhaltenen lieder geführt.

155, 6—156, 7 beruht auf Sigurð. Fáfn. III, 6—20: die
ersten strophen des liedes sind nicht widergegeben, da sie eine
jedenfalls jüngere übersicht über vorangegangenes enthielten.
— Str. 14. 15. 16 haben eine gute correctur erfahren; während
nach dem liede Gunnar erst Högni ruft, dann str. 15. 16 zu
ihm spricht, lässt der verfasser ihn den inhalt von str. 15 für
sich sagen, dann Högni rufen und ihm den entschluss, Sigurd
zu töten, mitteilen. Wir haben aber wol nicht das recht, wie
Grundtvig nach Bugges vorschlag getan hat, danach die reihenfolge der strophen zu ändern. — 155, 19 f. 'segir [Gunnarr]
at hann vill drepa Sigurð, kvað hann hafa vélt sik í trygð'
scheint misverständnis aus dem freilich doppelsinnigen

vildu okr fylki
til fjár véla (str. 16 ¹· ²),

wo indes das folgende beweist, dass okr subjectsacc. ist. —
156, 3 f. 'ok hennar ráð koma oss í mikla svívirðing ok skaða'
ist zusatz.

Es folgt nun ein längeres stück, das nichts entsprechendes
hat (156, 7—157, 15). Bugge ¹) statuiert auch hier eine verlorene quelle. Dazu aber liegt eine notwendigkeit kaum vor.

---

¹) a. a. o. s. XL. 251.

Das lied geht ausserordentlich sprunghaft vor. Es heisst
str. 21:

> dælt var at eggja
> óbilgjarnan,
> stóð til hjarta
> hjörr Sigurði,

also ganz ohne überleitung wird von Gunnars entschluss, Sigurd
zu töten, zum morde geschrittten. Mit recht bemerkt W. Grimm[1])
'wie unzulänglich für epische entwickelung und doch wie
poetisch anschaulich!' Was aber an einem liede als eine der
alliterationspoesie eigentümliche darstellung erträglich ist, wäre
es nimmermehr für eine prosaerzählung gewesen. Sie stellt
darum die vorbereitungen zum morde etwas ausführlicher dar,
wesentlich mit anlehnung an das Brot af Sig: ja die citierte
strophe (bei Bugge no. 26) ist geradezu aus Brot 4 entlehnt,
wenn auch in stark verderbter form. Dies schliesst schon an
und für sich die wahrscheinlichkeit einer weitern quelle aus.
Der zug, dass Sigurds scharfe Völsungsaugen den mörder zwei-
mal zurückschrecken, macht einen sehr poetischen eindruck,
wird aber allgemeiner auch Brot 4 angedeutet, ist überdies
gerade im augenblick des schlafes kaum ganz passend. Ueberhaupt ist bemerkenswert, dass Sigurds glänzende augen, die
Fáfn. 5 (inn fráneygi sveinn) angedeutet werden, vom verfasser
an den verschiedensten stellen erwähnt werden (so 110, 13.
134, 12. 182, 14): sie mögen wol am ersten in der tradition
fortgelebt haben. Seine augen heissen fast immer snör, wozu
der dänische Sivard Snarensvend zu vergleichen ist.

Die erzählung von Sigurds ermordung und letzten worten
(157, 15—158, 20) folgt wider Sig. III, 22—28. Die letzten
hierher gehörigen worte (158, 17—20) sind zusatz, nach ge-
wöhnlicher annahme aus þidr. s. c. 347 (Unger 301, 22—25.
27—30) entlehnt: es wird später im zusammenhange gezeigt
werden, dass diese ansicht nicht das richtige trifft. — Auch
158, 11—13: ok nú er þat ... við sköpum vinna ist zusatz. —
158, 21—159, 8 ist paraphrase von Sig. III, 29—33, im ganzen
treu: den schluss des capitels bildet abermals ein ganz allgemeiner zusatz (159, 8—15), worte Högnis und Gudruns, die der

---

[1]) HS² 373.

der situation einen passenden abschluss geben sollen. Nach
einer quelle für sie wird niemand suchen wollen.

Das XXXI. capitel beginnt mit einer eingeschobenen paraphrase der schlussstrophen des Brot af Sig. (str. 15—19): die
vorhergehenden strophen desselben waren für den verfasser
nicht zu brauchen, da sie in einer ganz andern sagenform,
Sigurds ermordung im freien, stehen. Diese wenigen hat er
nicht unpassend in die widergabe des dritten Sigurdsliedes
eingeschoben, da sie einen beredten ausdruck für Brynhilds
schmerz geben. — Merkenswert ist 160, 2: ok lét [Sigurðr]
þik [Gunnar] fremstan vera, nämlich indem er Brynhild nicht
berührte; Brot af Sig. 17 liest

> er hann fremstan s i k
> finna vildi.

Wenn nicht mit Bugge nach Völs. s. zu ändern ist, wäre die
besserung des sagaschreibers sehr verständig.

Es lenkt dann das cap. 160, 4 'ok snemma réðu þér til
saka við hann ok við mik' (við hann ist überleitender zusatz)
in die paraphrase von Sig. III, 34 über; das lied wird bis
zum schluss benutzt (160, 4—162, 2). In betreff der benutzung
ist noch folgendes zu bemerken: str. 36—41 (Brynhilds er-
zwungene heirat) werden ganz kurz widergegeben, da dasselbe
schon c. 29 (B. 150, 3 ff.) nach anderer, durch die lücke verlorener quelle erzählt war. — 160, 11 'ok eigi mun yðr farast
þótt ek deyja' nimmt str. 53 5—8:

> muna yðvart far
> alt í sundi,
> þótt ek hafa
> öndu látið

vorweg. — 160, 12—26. Brynhilds tod ist vermenschlicht. Es
zeigt sich hier derselbe verständnismangel für die valkyriennatur derselben, wie bei Sigrún. An stelle der weigerung der
mägde, mit der herrin in den tod zu gehen und der stolzen
antwort der valkyrie (str. 51. 52) setzt verf. den lahmen satz:
'allir þögðu. Brynhildr mælti: þiggið gullit ok njótið vel!' —
161, 2 f. 'sættast munu þit Guðrún brátt' beruht auf str. 54,
allein 'með ráðum Grímhildar ennar fjölkungu' ist zusatz, auf
kenntnis von Gudr. II, 17 ff. fussend. — 161, 11 'ok gipt Jör-
munreki konungi' ist zusatz. — 161, 12 f. 'ok þá er farin öll

ætt yður' yður kann sich natürlich nur auf die Gjukunge
beziehen. Str. 64 5. 6:

> þá er öll farin
> ætt Sigurðar.

Der grund zur änderung war die einführung Aslaugs, durch
die Sigurds geschlecht nicht ausstirbt.[1])

Das capitel schliesst (162, 3—10) mit der verbrennung
von Sigurds und Brynhilds leichen. Diese erzählung ist abermals ein zusatz, und zwar ein höchst bezeichnender. Die einleitende prosa zu Helr. Brynh. (B. 260, 1—9), die in R unmittelbar auf den schluss der Sig. III folgt, ist hier vom verfasser umgemodelt worden. Jene prosa widersprach dem gerade vorher Sig. III, 65 ff. ausgesprochenen letzten wunsch der
Brynhild, ein widerspruch, den der sagaschreiber nicht dulden
konnte, vielmehr in pietätvoller beachtung der letzten wünsche
der toten löste. Anstatt aus dieser änderung den schluss zu
ziehen, dass der verfasser Helr. Brynh. in dem von ihm benutzten
codex der sammlung nicht vorfand, ist man weit eher berechtigt, gerade das gegenteil anzunehmen. Die prosa findet sich
an derselben stelle in R und in Völs. s., die änderung des verfassers gibt abermals einen beleg für seine tendenz, sich widersprechende sagenformen zu verschmelzen. — Dass Brynhild
Sigurds dreijährigen sohn töten liess, ist ein zusatz, der sich
aus Sig. III, 12 ergab; das nochmalige anbieten des goldes
endlich (162, 7 ff.) ist eine übel erfundene, für den verfasser
aber ganz charakteristische ausmalung.

c. XXXII hebt an mit einer verkündigung von Sigurds
weltruhm (162, 11—15), die nichts entsprechendes in den liedern hat, aber zu þidr. s. c. 348 (Unger s. 302, 19—23)
stimmt.[2])

Es folgt dann eine widergabe der Guðrúnarkviða II (str.
19 9—12. 22. 23 citiert). Nach der einleit. prosa zu diesem
liede (B. 265, 1—5) klagt Gudrun den ganzen inhalt desselben
dem þjóðrekr. Der verfasser hat dies geändert: die ersten
strophen lässt er Gudrun in ihrem gemache klagen, das
weitere von str. 6 an behandelt er als erzählung. Wie aber

---

[1]) Vgl. s. 204.
[2]) Vgl. unten cap. III.

Bugge [1]) daraus schliessen kann, die einleit. prosa sei ihm unbekannt gewesen, ist nicht recht verständlich: was sollte in
einer zusammenhängenden erzählung die klägliche einführung
des Dietrich als stumme person, die geduldig der vita der
Gudrun lauscht? Bekanntlich steht Guðr. II in der anschauung
von Sigurds ermordung im freien (str. 4—12); alles darauf bezügliche hat der verfasser sorgfältig vermieden, da er einmal
die ältere sagenform von Sigurds tod angenommen hatte.
Granis trauer behält er zwar bei, fügt sie aber durch den zusatz: 'þá er hann sá sáran sinn lánardróttin' (162, 22) ohne
allen widerspruch ein.

In betreff des einzelnen sind indes ein paar bemerkungen
notwendig. 163, 9 f. 'ok þat byrðu þær, er þeir börðust Si-
garr ok Siggeirr á Fjóni suðr' str. 16:

> þat er þeir börðuz
> Sigarr ok Siggeirr
> suðr á Fívi.

Für die vergessene schottische landschaft Fife, eine reminiscenz an die vikingerzeiten[2]), setzt der verfasser das bekanntere
Fünen ein. — 163, 15—22 ist ein einfacher zusatz, ganz im
stil der ritterromane, der sich in nichts von dem angeblich aus
þiðr. s. entlehnten cap. 22 unterscheidet. — 163, 23 ff.: 'þar
var Valdamarr af Danmörk ok Eymóðr ok Jarisleifr. þeir
gengu inn í höll Hálfs konungs; þar váru Langbarðar, Frakkar
ok Saxar.' Im liede str. 19 findet sich nicht Valdamarr, sondern Valdarr.[3]). Valdamarr war wol der bekanntere name.
Dann ist im liede 19 7 langbarðs liðar doch wol appellativisch
zu fassen als leute des langbärtigen Atli, der seine boten
sendet, um um Gudrun zu werben: der verfasser verwandelte das
in die Langobarden, denen er zur vermehrung des glanzes noch
Franken und Sachsen hinzufügte. — 164, 13 ff.: 'sá drykkr
[der vergessenheitstrank, den Grimhild der Gudrun reicht] var
blandinn með jarðar magni ok sæ ok dreyra sonar hennar,
ok því í hornu váru ristnir hverskyns stafir ok roðnir með
blóði' beruht auf str. 21. 22, jedoch mit zwei auffallenden

---

[1]) a. a. o. s. XL.
[2]) Vgl. K. Maurer, zs. f. deutsche phil. II, 467.
[3]) Vgl. Hervar. s. c. 16 (Fas. I. 490): Valdarr Dönum.

misverständnissen: ok sónar (sonō R) dreyra (21 8), d. i. 'dem
sonnenstrom'[1]) hat der verfasser verstanden als 'dem blut
ihres sohnes'[2]), und 'ok roðnir með blóði' ist gleichfalls falsch
aufgefasst aus str. 22:

> váru í horni
> hverskyns stafir
> ristnir ok roðnir,

d. h. die runen erschienen durch das getränk hindurch gerötet.
— 165, 15. Grimhild bietet Gudrun 'dy'rliga hringa ok ársal
hy'nskra meyja'. Was 'ársal hy'nskra meyja' heissen soll, ver-
stehe ich nicht. Licht bietet das lied str. 25 7. 26 1:

> 25, 7 ársal allan
>   at jöfur fallinn.
>
> 26 Húnskar meyjar,
>   þær er hlaða spjöldum
>   ok göra gull fagrt.

Es hat also der verfasser zwei getrennte dinge zu etwas un-
verständlichem zusammengeworfen: man müste denn mit Ett-
müller ársal = dienersaal (von árr = got. airus) = diener-
schaft fassen, was mir aber ganz unglaublich ist. — Auch freie
zusätze finden sich ein paar mal: 165, 18 f. ok lát eigi . . .
sem vér biðjum; 166, 2 hann var öllum fremri; 166, 10 hennar
orð . . . ganga. — 166, 14 ff. dauert Gudruns reise in Atlis
land 3 mal 4 = 12 tage; nach Guðr. II, 35 dagegen 3 mal 7
= 21 tage. sjau ist an allen drei stellen das ursprüngliche,
wie der reim sjau : svalt erweist. Das berechtigt aber noch
nicht, wie Bugge tut, auch in der Völsunga saga, die überall
fjóra hat, sjau in den text zu setzen. Dem verfasser mag die
fahrt von 21 tagen gar zu ermüdend geschienen haben, vielleicht dachte er sich auch eine bestimmte localität unter Atlis
reich, für die eine zwölftägige reise passender war. — Es
schliesst das capitel mit einem zusatz 166, 16—21, der ganz
notwendig für die erzählung war: er deutet die vermählung
Atlis und Gudruns an, die das lied als selbstverständlich übergehen konnte, da ja hier Gudrun selber dem Dietrich an Atlis
hof erzählt.

cap. XXXIII (167, 1—18) paraphrasiert den schluss von

---

1) Vgl. Hyndl. 35, 4.
2) Bugge zu Völs. s. 164, 13.

Guðr. II, Atlis träume und ihre deutung durch Gudrun. Die letzten strophen 43. 44 haben gewis nicht bloss uns, sondern schon dem verfasser schwierigkeiten gemacht. Str. 43 hat er gar nicht verstanden und deshalb einen wenig passenden sinn hineingebracht. Str. 44 fand er ganz ebenso unvollständig vor, wie R sie uns bietet: deshalb fügt er einen ungefähren abschluss hinzu: 'ok væri ráðinn bani minn'. Nu líðr þetta, ok er þeira samvista fálig.

Nach kurzer überleitung (167, 17—21) lenkt dann der sagaschreiber in eine paraphrasierung der Atlilieder ein. Die paralleldarstellung der Atlakviða und der Atlamál ergänzt sich gewissermassen; beide lieder heben nur einzelne lichtpunkte der darstellung heraus, merkwürdiger weise aber durchaus verschiedene. Die sagenform der Atlakviða ist die jüngere, die gewis unter erneutem deutschen einflusse steht [1]), wenn auch wahrscheinlich das lied selbst älter ist als die Atlamál. Der sagaschreiber hat es nun versucht, beide darstellungen zu einem gesammtbilde zu verschmelzen: seine versuche erstrecken sich bis auf die episoden und einzelzüge der darstellung. Im allgemeinen wird man seinem streben die anerkennung eines gewissen geschicks nicht versagen dürfen: manchmal aber läge, auch wenn die vergleichung der quellen nicht zu gebote stände, die flickarbeit auf der oberfläche. Wesentlich hält sich der verfasser an die ausgedehntere und voraussetzungsfreiere darstellung der Atlamál. Ihre lücken ergänzt er durch die Atlakviða; lagen nach seiner ansicht in beiden liedern sprünge vor, so ergänzt er sie auf eigene hand. Ich will das im einzelnen auszuführen versuchen.

Die verhängnisvolle botschaft Atlis und Gudruns an die Gjukunge wird 167, 21—169, 17 aus Akv. 3—8 und Atlm. 1—9 zusammengefügt: gelegentlich wird auch einmal (168, 7) die prosa Dráp Niflunga B. 264, 17 ff. benutzt. [2]) Der bote heisst in Akv. Knefruðr, in Atlm. Vingi: letzteren namen behält der verfasser bei. Eine änderung ist interessant; Akv. 6 sagt Gunnar:

---

[1]) Vgl. HS² 12.

[2]) Vgl. s. 219.

Gull vissa ek ekki
á Gnítaheiði,
þat er vit ættima
annat slíkt.

Nach dieser stelle erscheint also das gold der Gnitaheide im besitz Atlis, was wider alle sonst bekannte sage streitet: der dichter dieses liedes hat keinenfalls das gold der Gnitaheide für gleichbedeutend mit dem hort der Niflunge (hodd Niflunga 26, 7) gehalten, der doch noch SE I, 360 auch málmr Gnítaheiðar heisst. Diesen widerspruch hat der sagaschreiber gefühlt und die sage ins richtige gleichgewicht gebracht (168, 20 ff.): 'en enga konunga veit ek jafnmikit gull eiga sem okkr [Gunnar ok Högna], þviat vit höfum þat gull alt, er á Gnítaheiði lá.' — 169, 9—13 ist ein stärkerer zusatz: Vingi bietet den Gjukungen die regentschaft über Atlis land bis zur mündigkeit von dessen söhnen an. Der zusatz war vorbereitet durch Akv. 5 und findet sich in der þidr. s. c. 360 (Unger 309. 9—13) wider. Ich komme darauf zurück.[1])

c. XXXIV behandelt Kostberas träume und ihre deutung durch Högni nach Atlm. 7 5—20. Auch hier hat sich der verfasser einzelne abweichungen erlaubt. Ein traum (170, 5—6) ist combiniert aus Atlm. 17 2 und 26 1. 2; ein anderer (170, 10—12) wird Atlm. 26 der Glaumvör in den mund gelegt, und Högnis antwort (170, 13—14: 'þar munu renna akrar, er þú hugðir ána, ok er vér göngum akrinn, nema opt stórar agnir fœtr vára' fehlt ganz im liede; letzteres ist indes wol nur schuld der überlieferung. Mit recht nimmt Bugge nach str. 26 eine lücke an, reconstruiert sogar die strophe nach den worten der Völsunga saga. Was übrigens den verfasser zu diesen änderungen veranlasst hat, ist schwer zu sagen. Vielleicht bewog ihn bloss die isländische vorliebe für träume, ihre anzahl um einen zu vermehren.

In c. XXXV folgen dann die träume Glaumvörs und ihre deutung durch Gunnar (171, 8—20), nach Atlm. 21—29, sodann der aufbruch der Gjukunge und ihre reise in Atlis land (171, 21—173, 11) nach Atlm. 30—41 und Akv. 10—14. Unpassend schiebt der verfasser die scene der Akv., wie Gunnar in trotziger todesverachtung den boten den abschiedstrunk reichen

---

[1]) Vgl. unten c. III.

lässt, unmittelbar vor den aufbruch. Die schöne strophe 11
der Atlakviða wird ganz umgestaltet (171, 24 ff.): 'ok nú mun
enn gamli úlfrinn komast at gullinu, ef vér deyjum, ok svá
björninn mun eigi spara at bíta sínum vígtönnum.' Nach Akv.
wird die reise ins land der Budlunge als landreise, nach Atlm.
als seereise dargestellt: indem verfasser beides vereinigt, lässt
er die Gjukunge erst zu wasser, dann zu lande reisen. — Auch
ein paar besserungen im ausdruck sind hier anzumerken.
173, 4 ff.: 'þá mælti Vingi : þetta mættir þú vel úgert hafa',
verglichen mit Atlm. 39:

> orð kvað þá Vingi,
> þaz án væri.

Ganz ähnlich 173, 7 ff.: 'Högni svarar: eigi munu vér fyrir
þér vægja, ok lítt hygg ek, at vér hrykkim þar, er menn
skyldu berjast', verglichen mit Atlm. 40:

> orð kvað hitt Högni,
> hugði lítt vaegja,
> varr at vættugi,
> er varð at reyna.

Es ist möglich, dass, wie Bugge glaubt, dem verfasser der
beiden stellen andere lesarten vorgelegen haben, indes nicht
notwendig, da der oft dunkle und schwierige ausdruck der
Atlilieder ihn nicht selten zu selbständigen änderungen oder
misverständnissen geführt hat.

c. XXXVI ist ganz nach Atlm. 42—57 gegeben. Zwei
zusätze, ein grösserer und ein kleinerer, sind indes zu beachten.
173, 14—20 fragt Atli, bevor er zum kampfe schreitet, die Gjukunge in güte, ob sie den schatz ausliefern wollen. Als Gunnar
das verweigert, motiviert Atli den angriff durch den wunsch,
Sigurd zu rächen. Finn Magnússon [1]) nimmt eine vollständigere
redaction der Atlm. an. Ein selbständiger zusatz scheint mir
auch hier glaublicher, da er ganz und gar in des verfassers
weise, sprünge der quelle zu glätten, begründet ist. Ueberdies
ist die motivierung von Atlis verrat durch das bestreben, rache
zu nehmen für Sigurds ermordung, der sage ganz und gar
nicht angemessen. — 174, 22 'ok verðr hvíld á bardaganum.'
Diese pause im kampf ist an und für sich beiden darstellungen, der Akv. und den Atlm., fremd. Allein sie ist ganz wol

---

[1]) den ældre edda . . . oversat og forklared (Kbhv. 1821—1823) IV, 168.

begreiflich. Nach Akv. findet der kampf im saal, nach Atlm. im freien statt: treu seiner weise, vereinigt der verfasser beides. Seine darstellung lautet nun so: zuerst findet der kampf im freien statt; als das häuflein der Gjukunge stark gelichtet ist, entsteht eine pause; es folgen die reden Atlis und der Gudrun [1] nach Atlm. 54—57. Darauf reizt Atli von neuem zum kampf (mit anlehnung an Atlm. 58 [1. 2.]), und derselbe zieht sich nun in den saal (c. 37. B. 175, 11—16). Diese einfache überlegung macht sowol die annahme Magnússons [2], dass zwischen Atlm. 58 und 59 ein bedeutenderes stück ausgefallen sei, als Bugges vermutung, dass die darstellung der Völs. s. teilweise auf þidr. s. c. 384 beruhe [3], völlig unnötig. Letztere speciell wäre auch dann, wenn nicht überhaupt das quellenverhältnis zwischen Völs. s. und þiðr. s. anders zu beurteilen wäre, unerlaubt, da die Atlakviða in ihrer darstellung des kampfes gleichfalls auf dem boden der deutschen sage steht: eine bestätigung von W. Grimms beobachtung [4], dass dieses lied bekanntschaft mit einer neuen fortbildung der deutschen sage verrät.

c. XXXVII ist wider ganz zusammengeflickt aus Akv. und Atlm. Zuerst wird die episode des Hjalli 175, 23—176, 17 nach Atlm. erzählt, dann die schöne abweichende darstellung der Akv. 20—30 nachgeholt (177, 1—178, 4). Nirgends deutlicher als hier zeigt sich die combinationslust des sagaschreibers. Indes ganz so unverständig, wie manche diese vereinigung finden [5], ist sie in der tat nicht. Der verfasser hat sich vor widersprüchen gehütet: die diener entschliessen sich zuerst auf Högnis trotzige bitte, den furchtsamen Hjalli freizugeben; als aber Atli Gunnar täuschen will, indem er ihm statt Högnis tapferen herzen das noch leblos zitternde des knechtes vorlegen lässt, wird er dennoch getötet.

Die erzählung von Gunnars tod im ormgarð ist combiniert aus Akv. 31. Atlm. 66—67. Dráp Nifl. (B. 264, 28—30) und

---

[1]) In der saga wird Högni str. 57 zugeteilt, in R fehlt die überschrift. Allein schon Lüning teilte sie mit recht der Gudrun zu.

[2]) a. a. o. IV, 172.

[3]) z. Atlm. 58 (s. 301).

[4]) HS[2] 4. 12.

[5]) z. b. von Liliencron, über die nibelungenhs. C, s. 87 ff.

Oddr. 32. Als charakteristisches beispiel für des sagaschreibers arbeitsweise lasse ich die vergleichung dieser partie folgen:

Völs. s. 178, 5—14

nú er Gunnarr konungr settr í einn ormgarð; þar váru margir ormar fyrir, ok váru [hendr] hans fast bundnar; Guðrún sendi honum hörpu [eina, en] hann sy'ndi sína list ok sló hörpuna með mikilli list, at hann drap strengina með tánum, ok lék svá vel ok afbragðliga, at fáir þóttust heyrt hafa svá með höndum slegit, ok þar til lék hann þessa íþrótt, at allir sofnuðu ormarnir, nema ein naðra mikil ok illilig skreið til hans ok gróf inn sínum rana, þar til er hann hjó hans hjarta, ok þar lét hann sitt líf með mikilli hreysti.

Akv. 31 lifanda gram
lagði í garð þann,
er skriðinn var
. . . .
innan ormum.

Atlm. 66 hörpu tók Gunnarr
hrœrði illkvistum,
slá hann svá kunni,
at snótir grétu;
klukku þeir karlar
er kunnu görst heyra

Dráp Nifl. B. 264, 28—30
hann sló hörpu ok svefði ormana,
en naðra stakk hann til lifrar.

Oddr. 32
þá kom . . .
. . . .
ok Gunnari
gröf til hjarta

Bemerkt sei noch dazu, dass die Atlilieder vom einschläfern der schlangen überhaupt nichts wissen; dass Gudrun dem Gunnar die harfe sendet, ist ein prosaischer zusatz, der erklären soll, wie Gunnar plötzlich im besitz derselben ist. Dass diese combinierte darstellung höchst wahrscheinlich von einfluss auf die der SE I, 364 gewesen ist, wurde oben gezeigt.[1]

Die weitere erzählung in c. XXXVIII von Gudruns rache beruht völlig auf Atlm. 68—104, die hier im wesentlichen zwar weit ausführlicher sind als Akv., aber keine abweichenden züge bieten. Nur zum schluss hat das streben nach ausgleichung eine grobe geschmacklosigkeit zur folge gehabt. Nach Akv. tötet Guðrun den Atli und weiht darauf die ganze burg mit ihren insassen der vernichtung. Das ist gewis der ächt tragische schluss, der der ursprünglichen sage zukommt. Der zweifellos christliche dichter der Atlamál lässt Gudrun sich mit dem sterbenden Atli versöhnen, ihn ehrenvoll bestatten und darauf selber den tod suchen. Der sagaschreiber hat nun auch hier beides vereinigt, und Gudrun bestattet zunächst pietätvoll

---

[1] s. 210 f.

den toten gemahl, dann lässt sie feuer an die halle legen.
Tröstlich für den verfasser kann es sein, dass Rassmann [1]) bei
seiner reconstruction des 'alten epos' diese flickarbeit wirklich
als ächte darstellung adoptiert hat.

Auch in diesem capitel liegt häufig misverständnis von
liedworten oder zusatz einzelner sätze vor. So sollen die
worte 179, 2 ff.: 'ok sú mun erðin lengst eptir lifa at tý´na
eigi grimdinni, ok mun þér eigi vel ganga, meðan ek lifi' wol
Atlm. str. 69 [5—8] widergeben, sie sind aber nahezu unverständlich. — 179, 23: 'en þér er skömm í at gera þetta' ist
ein misverständnis aus Atlm. str. 78 [7. 8]:

> skömm mun ro reiði,
> ef þú reynir gerva.

Die worte 180, 12 f.: 'verra hefir þú gert, en menn viti
dœmi til' gehören der Gudrun und sind in der saga unrichtig
dem Atli in den mund gelegt. Diese beispiele liessen sich
vermehren.

Es schliesst c. XXXVIII (B. 182, 8—11) mit einem allgemeinen ruhm der Völsunge und Gjukunge, einem zur ab-
schliessung dieser hauptpartie der sage ganz geeigneten zusatz.

Mit c. XXXIX geht der verfasser zu dem letzten teil der
sage, Svanhilds und ihrer brüder untergang, über. Dieses
capitel ist teilweise aus eddischen und eigenen reminiscenzen
zusammengeflickt, teilweise eine widergabe der einleitenden
prosa zu Guðrúnar hvöt (B. 311, 1—18). — 182, 13 ff.: 'hon
var allra kvenna vænst ok hafði snör augu, sem faðir hennar,
svá at fár einn þorði at sjá undir hennar brý´nn' vgl. c. 22
(B. 134, 12): 'augu hans [Sigurðar] váru svá snör, at fár einn
þorði at líta undir hans brún. — 182, 15 ff.: 'hon bar svá
mjök af öðrum konum um vænleik, sem sól af öðrum himin-
tunglum' vgl. Sig. III, 55 = Völs. s. 161, 4:

> sú mun hvitari
> enn inn heiði dagr
> Svanhildr vera,
> sólar geisla.

182, 16—22 ist aus Guðr. hv. prosa (B. 311, 1—8) genommen,
vielleicht auch mit anlehnung an die paralleldarstellungen
Guðr. hv. 13. Sig. III, 62. — Dass Gudrun steine in den

---

[1]) I, 208.

schooss legt, um sicherer den tod zu finden, ist ein ungeschickter zusatz, der fast aussieht, als hätte der verfasser die sage ironisieren wollen. Die einführung der Svanhild aber war nötig, um ihr plötzliches auftauchen in Jonakrs land zur möglichkeit zu machen.

Für c. XL (Svanhilds vermählung und tod) ist eine quelle nicht nachweisbar. Die tatsachen werden allerdings in der prosaischen einleitung zu Guðr. hvöt (B. 311, 9 ff.) erzählt, und an andern stellen (Guðr. hv. 2. 16. Hamð. 3. Sig. III, 63. 64) wird darauf hingedeutet. Dennoch darf man das capitel nicht als eine einfache erweiterung jener kurzen angaben betrachten. Das verbieten die offenbar sagengemässen züge bei Randvers und Svanhilds tod, und ihr widerauftreten in abweichender, zum teil ächterer gestalt in SE 1, 366 f. Es liegt nahe, ein verlorenes lied als quelle hier anzunehmen[1]): indes ist doch zu überlegen, ob nicht für dieses capitel wie für c. 42 (Hamdir und seine brüder), soweit dieses nicht auf den Hamðismál beruht, volksüberlieferung vorliegt. Zumal die züge in letzterem capitel sind teilweise so verwirrt und gleichsam in ein halbdunkel getaucht, dass es schwer wird, an eine weitere schriftliche quelle neben den Hamðismál zu glauben. Es ist aber unleugbar, dass gerade jene unursprünglichste partie der heldensage im norden eine überaus grosse volkstümlichkeit erlangt hat. Yngl. s. c. 39 in einer strophe des Þjóðólfr aus Hvin heisst der stein 'Jónakrs bura harmr' und ähnliche kenningar finden sich O'lafs s. Tryggv. c. 42 wie anderwärts.[2]) Es wird demnach wol erlaubt sein, dass wir annehmen, der sagaschreiber habe dem inhalt seiner quelle was er sonst von einzelnen, oft verworrenen zügen wuste, hinzugefügt.

c. XLI ist ein genauer auszug des Guðr. hvöt str. 2—19. Missverständnis ist 185, 4 f.: 'ok gaf þeim at drekka af stórum kerum', beruhend auf str. 7 [3—4]:

kumbl konunga
ór kerum valdi.

Bugge vermutet, der verfasser habe sumbl für kumbl gelesen. — 185, 20 ff.: 'hér sitr nú eigi eptir sonr ne dóttir, mik at hugga': Guðr. hv. hat str. 18 snör ne dóttir, gewis richtiger.

---

[1]) So SB II, 84 f. Bugge a. a. o. s. XL.
[2]) Vgl. J. Grimm, Haupts zs. III, 154.

c. XLII erzählt die rache von Gudruns söhnen für Svanhilds ermordung an Jörmunrekr, teilweise nach den Hamðismál, von denen str. 28 1—4 citiert wird. Ueberdies scheinen str. 12. 13. 15 (186, 4—7), wol auch str. 25 (187, 2—6) benutzt. Allein, wie schon bemerkt, es finden sich züge, die bei aller verworrenheit doch sagenmässig sind, zumal der zug vom straucheln Sörlis und Hamdirs (186, 7—13), der sich etwas abweichend SE I, 368 widerfindet. Eine weitere schriftliche quelle machen sie indes kaum notwendig. — Die einführung Odins 187, 2 ff. aber halte ich für falsches verständnis von Hamð. 25. Im liede selber wird die annahme der erscheinung Odins nicht wirklich notwendig. Am ungezwungensten wird inn reginkunngi stets auf Jörmunrek selber bezogen [1]), und seine einführung str. 22 hat erst J. Grimms conjectur [2]) Hroptr glaðr für das überlieferte hroþr glöþ [3]) bewirkt: weder SE I, 370 noch Bragis drápa (SE I, 372—374) nennen Odin. Wenn allerdings bei Saxo (Müller s. 415) wie in unserer saga Odin den rat erteilt, so mag dies eine spätere verirrung sein. Jedenfalls sind innere gründe gegen eine ursprüngliche einmischung Odins, der hier ja geradezu feindlich gegen des Sigurd geschlecht auftritt, seine vernichtung vollendet; zur erklärung dieses widerspruchs zu betonen, dass Hamdir und Sörli nicht eigentlich zum geschlecht der Völsunge gehören [4]), heisst die sachlage verkennen. Hamdir und Sörli sind die rächer des letzten sprosses des Völsungengeschlechts, in der tat also richtet sich der götter ungunst gegen dieses: das aber vermag ich nicht als in der sage begründet anzuschen.

Mit Hamdirs und Sörlis untergang schliesst die darstellung der heldensage. Die einführung der Aslaug in c. XLIII ist oben ausführlich besprochen worden.[5]) Die weitere erzählung der saga von Ragnar und seinen söhnen ins auge zu fassen, ist aber nicht der zweck dieser abhandlung.

---

[1]) Vgl. HS² 390.

[2]) Haupts zs. III, 154.

[3]) Freilich würde die einführung von Jörmunreks mutter ebenso wunderlich sein, als die seines kebsweibes (Egilsson, lex. poet. 75a). Ganz gewis trifft Bugges schöne vermutung (tillæg og rettelser s. 440) das richtige.

[4]) So Lüning, Edda s. 409. [5]) s. 203 ff.

Diese übersicht über die benutzung der quellen in der
Völsunga saga, die hoffentlich nichts wichtiges übergangen hat,
gewährt einen einblick in des sagaschreibers arbeitsweise.
Sein streben war offenbar, einen gut lesbaren prosaroman herzustellen: irgendwie künstlerische absichten haben ihn keineswegs dabei geleitet. Seinen quellen gegenüber, einer sammlung von liedern verschiedenen alters, die, oft sprunghaft und
nur einzelne hauptpunkte scharf hervorhebend, oft auf voraus-
setzungen fussend, die nur dem sagenkundigen bekannt waren,
bald paralleldarstellungen des gleichen ereignisses bietend, bald
ganz verschiedene sagenformen unvermittelt neben einander
hinstellend, im grossen und ganzen durchaus keine einheitliche
darstellung gaben, war dadurch der weg vorgezeichnet. Wo
paralleldarstellungen vorlagen, suchte der verfasser zunächst,
sie zu combinieren, so die darstellung der Akv. und Atlm., so
Brot af Sig. und Sigurðarkviða III. Widersprüche suchte er
ins gleichgewicht zu bringen; Sigrdrífa und Brynhild werden ohne bedenken identificiert; die verbrennung von Sigurds
und der Brynhild leichen wird Brynhilds letztem wunsche ge-
mäss dargestellt; der fluch Andvaris wird mit dem Fáfnirs in
verbindung gebracht; Sigurd muss ein stück von Fafnirs herz
aufbewahren, um es Gudrun geben zu können; die verschiedenen angaben über die Hundingssöhne werden vereinigt. —
Auch negativ zeigt sich dieses streben nach vereinigung sich
widersprechender sagenformen. Von den überlieferungen über
Sigurds ermordung wird die eine recipiert, alles auf die andere
bezügliche sorgfältig vermieden; der name Niflungar für die
Gjukunge, der sich in den jüngern liedern findet[1]), wird ebenso vermieden, wie der name Ylfingar[2]) für die Völsunge. Die
probe des schwertes Gram, die nach der prosa der Reginsmál
(B. 215b, 8) im Rhein gemacht wird, lässt die saga 115, 27
einfach im strom vor sich gehen: für die heimat der Gjukunge
behält sie den Rhein bei (139, 1).

Die eigentümliche beschaffenheit der quellen erklärt aber
auch zahlreiche grössere und kleinere zusätze, die die härten

---

[1]) Brot af Sig. 16. Akv. 11. 17. 27. Atlm. 47. 52. Hodd **Niflunga**
Akv. 26.

[2]) Helg. Hund. I, 34.

der darstellung glätten, ihre sprünge ausfüllen, halb verständliches deuten sollen. Dabei hat den verfasser, zum glück für die kritik der sage, seine erfindungskraft oft so im stiche gelassen, dass er sich an mehreren stellen geradezu selbst ausschreibt. — Viele alte sagenzüge erscheinen im modernisierten gewande: die begegnung Helgis und Sigruns ist völlig in den stil der ritterromane übersetzt, dieser wie der Brynhild valkyriennatur waren dem sagaschreiber völlig unverständlich. — Treue in einzelheiten ist ihm nicht nachzurühmen, namen sind nicht selten durch bekanntere ersetzt, zahlen sind beliebig geändert. — Eins ist hier noch kurz ins auge zu fassen, die äussere benutzung der paraphrasierten lieder, ihrer sprache und ihres verses.

Eine wirklich genaue widergabe der liedworte findet sich nur da, wo dialog vorherschend ist [1]); wo ereignisse einfach widererzählt werden, entfernt sich die widergabe weiter vom ausdruck der lieder. Im ersteren falle aber sind wir in der tat durchweg im stande, den ausdruck der lieder noch unter dem prosagewande durchzufühlen. Das schliesst jedoch nicht aus, dass der sagaschreiber versucht hat, den oft bis zum unerträglichen gesteigerten ausdruck seiner quellen in den sagastil umzuwandeln, dessen eigentümlicher reiz ja gerade die schmucklose einfachheit ist. Freilich erreicht er niemals den naiven adel der ausdrucksweise, der mancher der I'slendinga sögur, etwa der Eyrbyggja oder der Njála den stempel der classicität aufdrückt. Alle kenningar und sonstige ausschmückung der lieder vermeidet er. Als beispiel mögen die eingangsstrophen der Fáfnismál dienen, die mit am treuesten paraphrasiert sind:

<table>
<tr><td>Fáfn. str. 1.</td><td>Völs. s. c. 18 (B. 120, 2 ff.</td></tr>
<tr><td>sveinn ok sveinn!</td><td>— — —</td></tr>
<tr><td>hverjum ertu, sveinn, um borinn?</td><td>hverr ertu eða hverr er þinn faðir,</td></tr>
<tr><td>hverra ertu manna mögr?</td><td>eða hver er ætt þín,</td></tr>
<tr><td>ßer þú á Fáfni rautt</td><td>er þú vart svá djarfr, at þú þorðir</td></tr>
<tr><td>þinn inn frána mæki,</td><td>at bera vápn á mik?</td></tr>
<tr><td>stöndumk til hjarta hjörr</td><td></td></tr>
<tr><td>— — —</td><td>— — —</td></tr>
<tr><td>str. 2.</td><td>ætt mín er mönnum úkunnig [vgl.
str. 4 1. 2]</td></tr>
<tr><td>göfugt dyr ek heiti,</td><td>ek heiti göfugt dy'r,</td></tr>
</table>

[1]) Vgl. auch Bugge a. a. o. XXXVI.

4*

er ek gengit hefk
inn móðurlausi mögr;
föður ek ákka
sem fira synir,
geng ek einn saman.

    str. 3.

veiztu, ef föður né áttat
sem fira synir,
af hverju vartu undri alinn?

(Fehlt eine halbstrophe.)

    str. 4.

ætterni mitt
kveð ek þér ókunnikt vera
ok mik sjálfan it sama;

Sigurðr ek heiti,
Sigmundr hét minn faðir
er hefk þik vápnum vegit.

ok á ek engan föður né móður;
ok einn saman hefi ek farit

ef þú att engan feðr né móður,
af hverju undri ertu þá alinn?

ok þótt þú segir mér eigi þitt
nafn á banadœgri mínu, þá
veiztu, at þú ly′gr nú.

[vgl. 120, 4 ff.]

ek heiti Sigurðr, en faðir minn
Sigmundr.

Auch ein paar worte über den stabreim. Von beibehaltener alliteration kann nur da wirklich die rede sein, wo etwa die hälfte eines ljóðaháttr oder drei stäbe einer viertelstrophe im starkaðarlag übereinstimmen. Also etwa in fällen wie:

121, 10 hve *h*eitir sa *h*ólmr, er
blanda *h*jörlegi *S*urtr ok æsir
*s*aman.

Fáfn. 14 hve sá *h*olmr *h*eitir,
er blanda *h*jörlegi
*S*urtr ok æsir *s*aman.

122, 7 en þú, *F*áfnir, ligg i *f*jörbrotum, þar er þik *H*el *h*afi.

Fáfn. 21 en þú, *F*áfnir, ligg
i *f*jörbrotum,
þar er þik *H*el *h*afi.

oder:

167, 7 síðan váru þeir *r*ifnir upp
með *r*ótnm ok *r*oðnir i blóði,
ok *b*ornir á *b*ekki ok *b*oðnir
mér at eta

Guðr. II, 40 *r*ifnir með *r*ótum,
*r*oðnir i blóði,
*b*ornir á *b*ekki,
*b*eðit mik át tyggva

171, 13 ok *e*mjuðu *ú*lfar á *b*áðum
*e*ndum sverðsins

Atlm. 24 *e*mjuðn *ú*lfar
á *e*ndum báðum

Derartiger fälle habe ich aber in der ganzen controlierbaren partie der saga nicht mehr als etwa 12—15 angemerkt. Weit häufiger findet sich ein reimwort beibehalten, das andere aber vertauscht; im ganzen ist eine tendenz zur vermeidung der alliteration unverkennbar, ganz ebenso, wie derjenige, welcher gereimte poesie in prosa auflöst, die in der prosa das ohr beleidigenden reime möglichst umgehen wird. Die stellen, in denen reimstäbe sich, für das ohr deutlich wahrnehmbar,

gehalten haben, — vocalische alliteration kann hier natürlich
nicht in betracht kommen —, sind höchst selten und wol nur
wider willen des sagaschreibers stehen geblieben. Jedenfalls
ist es ein gar unsicherer boden, das zufällige vorkommen von
reimstäben in der prosa als kriterium für eine poetische quelle
zu benutzen. Wie sehr hier der zufall einem schlimme streiche
spielen kann, mögen ein paar beliebig herausgegriffene beispiele zeigen, die sich leicht vermehren lassen. 102, 4 in der
schilderung von Helgis seesturm, stehen die worte: 'er *bylgjur*
gnúðu á *borðunum*, sem þá er *björgum* ly'sti saman.' Unwill-
kürlich glaubt man an beibehaltenen stabreim: sieht man aber
die worte der quelle H. H. I, 20 an, so finden sich ganz andere reimworte. — 104, 10. 123, 17. 132, 19. 133, 15 u. ö.
findet sich ganz ähnliches. — Unter diesen umständen wird
man gewis am besten tun, vom stabreim ganz abzusehen, wo
es sich für die teile, *d* en quellen wir nicht besitzen, um wahr-
scheinliche feststellu. derselben handelt.

Nicht ohne interesse ist endlich noch eine vergleichung
der wörtlich citierten strophen. Es sind dies im ganzen, so
weit unsere quellen reichen: Sig. II, 1. 2. 6. 18. Sgrdrf. 5. 6.
10. 12. 7—9. 11. 13—21 [13 7—10 und 14 fehlen]. Brot af
Sig. 4 (?). Guðr. II, 19 9—12. 22. 23. Hamð. 28 1—4. Einzelne
abweichungen sind nicht selten, zumal stilistische: die strophen
sind häufig in Völs. s. salopper und unpoetischer gebaut. Ein
paar mal findet sich in ihr *at* als negationspartikel für *a* in R,
ein paar mal anfügung des postpositiven artikels gegen R.
Alles dies wird man dem schreiber, sei es nun der von Völs. s.
benutzten hs. der sammlung, sei es des cod. der saga resp.
seiner vorlage zuzuschreiben haben. Einige lesarten erwecken
aber den verdacht, dass sie vom sagaschreiber herrühren.

Sig. II, 2 Andvari ek heiti,	Cod. der Völs. s.
O'inn hét minn faðir	Oðinn

O'inn ist als zwergname erwiesen durch Vspá 11 10. Es ist
nicht unmöglich, dass der sagaschreiber seine vorliebe für Odin
auch auf diese stelle ausgedehnt hat.

Sgrdrf. 5 8	gamanrúna	gamanrœðna
6 2	sigr hafa	snotr vera
12 7. 8	á því þingi	á því þingi
	er þjóðir skulu	er menn skulu

Der stabreim ist zerstört.

R	Cod. der Völs. s.
8¹ full skal signa	öl skaltu signa

War full = der volle becher, unverständlich? vgl. Guðr. II, 21:
fœrði mér Grímildr full at drekka = Völs. s. c. 32 (B. 164,
10 f.): síðan fœrði Grímhildr henni meinsamligan drykk.

8³ ok verpa lauki í lög	lauk

verpa in der Edda nur c. dat. (Vspá 5 Vafþ. 7. Sig. III, 29
u. ö.). Vgl. Lund, Ordföjningslære s. 99.

9² ef þú bjarga vilt	ef þú vilt borgit fá
13³ geðsvinnari guma	geðhoskari (l. horskari) guma
15¹ á skildi kvað [sc. O'ðinn] ristnar	á skildi váru ristnar

Die änderung ist hervorgerufen durch auslassung von str. 14,
wodurch kvað beziehungslos wurde. Die änderung beweist
aber absichtliche weglassung.

15⁷ á Sleipnis tönnum	á Sleipnis taumum

Str. 17 ist ganz geändert; die änderung ist sehr übel und zerstört sogar den bau der strophe:

á gleri ok á gulli	á gleri ok á gulli
ok á gumna heillum,	ok á góðu silfri,
í víni ok virtri	í víni ok í virtri
ok vilisessi,	ok á völu sessi,
á Gungnis oddi	í guma holdi
ok á Graua brjósti,	ok Gaupnis (l. Gungnis) oddi
á nornar nagli	ok á gy'gjar brjósti,
ok á nefi uglu	á nornar nagli
	ok á nefi uglu.

19⁴ ok mætar meginrúnar	mærar
20⁶ öll eru mein of metin	mál

Die strophe des Brot af Sig. (4) ist ganz abweichend im text,
aber doch wol dieselbe.

Guðr. II, 19⁹ skreyttar brynjur	stuttar

Unverkennbar hat in allen angeführten fällen R die ältere
lesart. Da aber, wie früher bemerkt wurde, der verfasser der
Völsunga saga eine hs. der sammlung benutzt hat, die in nicht
wenigen fällen lücken in R ausfüllt und bessere lesarten bietet,
kann man die abweichungen in den strophen nicht wol der
vorlage des verfassers zuschreiben. Es kann sich nur fragen,
ob sie dem verfasser oder dem schreiber zufallen: der schreiber unseres cod. ist zwar im ganzen sorgfältig, aber seine vor-

lage könnte sie ja bereits gehabt haben. Es wird sich diese
frage deswegen nicht entscheiden lassen: eine aufmerksame
beobachtung lehrt freilich, dass die änderungen ganz im geist
der sonstigen arbeitsweise des verfassers sind.

Mag man nun über diesen letzten punkt denken, wie man
will, o viel wird die bisherige untersuchung gezeigt haben,
dass die ganze art, wie der verfasser gearbeitet und seine
quellen benutzt hat, uns überall das recht gibt, diesen angaben
gegenüber kritik zu üben, und von diesem standpunkte aus
soll der ersuch gemacht werden, jetzt an die partien der saga
hinanzugehen, die uns die vergleichung mit ihren quellen nicht
gestatten.

Die fortsetzung dieser abhandlung findet sich in den „Beiträgen zur
geschichte der deutschen sprache und literatur" bd. III, heft 2.

Lebenslauf.

Ich, Barend Symons, wurde am 18. November 1853 zu Rotterdam geboren, wo mein vater Alexander Symons als praktischer arzt tätig ist. Nachdem ich den ersten unterricht in meiner vaterstadt genossen hatte, machte der tod meiner mutter die fortsetzung meiner erziehung an anderm orte wünschenswert. Ich wurde ostern 1867 in die unter-tertia des lyceums zu Hannover aufgenommen und erlangte nach sechs jahren von diesem das zeugnis der reife. Ostern 1873 bezog ich die universität Leipzig, um mich auf ihr dem studium der philologie zu widmen: ihr habe ich bis heute angehört. Meine philologischen studien, die zunächst keine disciplin vorzugsweise im auge hatten, wandten sich mehr und mehr dem gebiete der germanistik und romanistik zu: in letzterer zeit hat mich das studium der deutschen philologie fast ausschliesslich beschäftigt. Ich hörte während dieser sieben semester bei den herren professoren Brockhaus, Curtius, Ebert, Hildebrand, Leskien, Paul, Springer, Wülcker, Zarncke, den herren doctoren Arndt, Braune, Edzardi, Osthoff. Dem Königlichen deutschen seminare gehörte ich drei semester an. Allen genannten herren bin ich zum grösten und aufrichtigsten danke verpflichtet: das bewustsein, wie viel ich ihnen schulde, wird mir stets lebendig bleiben. Vor allem aber muss ich auch an dieser stelle meinem hochverehrten lehrer, herrn professor Zarncke, für seine mir stets bewiesene güte meinen tiefgefühlten, herzlichen dank aussprechen. Seiner anregung verdankt auch die vorstehende arbeit ihre entstehung, seine teilnahme und freundliche belehrung hat sie fortwährend begleitet.